役目を果たした
日陰の勇者は、
辺境で自由に
生きていきます
JN100635
丘野優
Illust. 布施龍太

CHARACTER

クレイ・アーズ

自分の力で開拓したいんだ

王子率いる勇者パーティーに荷物持ちとして参加していたが、引退して夢だった辺境開拓に勤しむことに。実は魔王討伐の真の功績者で…!?

リタ

Rita

昨日はよく眠れましたか？

辺境までの道のりでクレイが助けた商人の娘。彼の家を滞在場所にしているクレイと同居状態。しっかり者で頼れる存在。

僕の実力の証明とやらの話を受けようか
ユーク
勇者であり王国の第二王子。
魔王討伐の褒賞を受け取るよう
クレイを説得するが、断られてしまう。
自身もかなりの実力者。
Yuke
辺獄が完全に開拓されるのも時間の問題ね、これは…
フローラ
勇者パーティーの元メンバー。
王都で聖女として働いていたが、
仕事に疲れて辺境まで
クレイを追いかけてきた。
Flora
あの人物はいったい、何者なのでしょう…
シャーロット
辺獄を拠点にしているエルフ。
人族が足を踏み入れられないと
されている場所をどんどん開拓する
クレイを監視していて…。
rlotte

CONTENTS

Yakume wo hatashita
hikage no yusya ha henkyou
de jiyuu ni ikiteikimasu

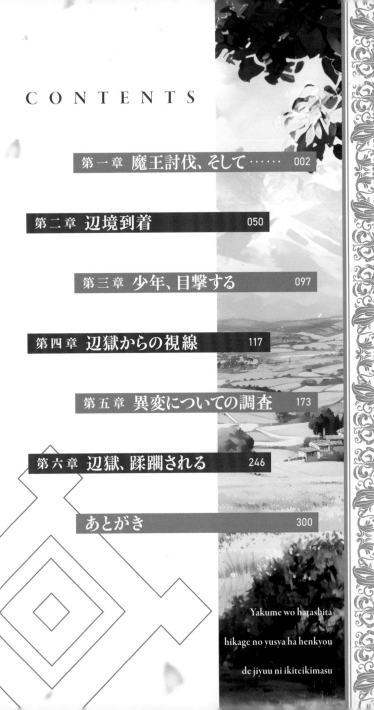

役目を果たした

日陰の勇者は、辺境で自由に生きていきます

丘野優

Illust. 布施龍太

第一章　魔王討伐、そして……

「なぜだ。なぜ、こんな……」

俺の目の前で、目を見開きながらそんなことを呟いているのは、〝魔王〟と呼ばれる存在だった。

彼こそが、数多くの魔族や魔物を従え、世界を征服すべく各国を侵攻した魔王軍の首魁。世界の怨敵とも称される、邪悪の主だ。

しかし今、そんな存在の胸には、聖剣が突き刺さっている。

俺――クレイ・アーズの突き刺した聖剣が。

「魔王、お前はやりすぎたんだ。それだけの力を持っていながら、ただ他種族を滅ぼすことにばかり傾けて……それは間違っていた」

俺がそう言うと、魔王は血を吐きながら答えた。

「ふざけるな。我々を迫害し続けたのは、お前たち、人族だ……」

「そうかもしれない。だが、だからといって皆殺しにしていい理由にはならない」

これは否定しがたい事実だ。

魔族を人族が迫害した歴史は確かにある。けれどすべての人族国家がそうだったとは言えないし、逆にすべての魔族が人族と敵対しているわけでもない。

それなのに、魔王は人族の絶滅を掲げて、世界と戦い続けた。

その結果がこれだった。

「お前はしないというのか？　魔族を……皆殺しには」

「しないし、できないだろう。逆もしかりだ」

世界は広い。多くの種族が様々な土地に住んでいて、それらをひとり残らず探して滅ぼすなど、現実的には不可能だ。それこそ世界中をくまなく、何百、何千年と探し続ければいつかは可能なのかもしれないが、一代でやろうとしても無理だ。する意味もないだろう。

様々な種族があれど、本来、絶対悪というものは存在しない。

この魔王だとて、確かに世界からは絶対悪と見なされてはいるけれども、実際には魔族唯一の国、魔国の王であるというだけだ。

そして魔国の価値観は、他の種族の国家には受け入れられなかった。

その結果がこれだ。

「そう、か……それを聞いて少し安心した。魔族が滅ぶことはないのだな……」

死の間際だからだろうか。魔王の言葉から徐々に険がなくなっていく。

致命傷を受けてなお、これだけ話せるのは、魔族という種族の頑丈さゆえだ。人族なら、これだけの傷を負っていればよほどの英雄でなければもうすでに絶命していることだろう。

「あぁ、安心しろ」

「ふっ……しかし、我を倒すのが、こんな……名も知れぬ戦士とは思わなかった。勇者でも聖女でも賢者でもなく……お前、名は？　何者だったのだ？　最後にそれくらいは教えてくれても構わんだろう……」

魔王との激闘の末、俺の後ろで気を失っている勇者と聖女、それに賢者に視線をちらりと向けてから、魔王が尋ねる。

「クレイ・アーズ。お前の言う通り、何者でもない……ただの平民だ」

「ただの、平民、か……はっ。この我を相手に、たったひとりで戦って勝利を収めるただの平民などいるものか……」

「ひとりではない。みんながお前の力を削ってくれたから、こうして倒すことができた……」

「馬鹿な。お前以外には大して削られなどしなかったわ。我は、お前ひとりに負けたのだ……誇るといい」

「別に、そんなことはしない」

「国に戻り、英雄になるのではないのか？」

怪訝そうな顔でそう尋ねた魔王に、俺は言う。

「お前を討伐した功績は、俺のものにはならないさ。さっきも言ったように、ただの平民だからな」

「人族は度しがたいな。お前のような奴こそ、人の上に立つべきなのに……ぐっ……さすがにもう、限界か……」

魔王がさらに口から血を吐いて、そう呟く。

身体にかろうじて留まっていた魔力が、白く輝くオーラのように空気に溶けて、大量に抜けていくのが俺の目には見えた。

ついに魔王にも死が訪れる。そういうことなのだろう。

「なにか、言い残す言葉はあるか？」

「この魔王に、お優しいことだな」

「死にゆく者に、善悪はない」

「そうか……そうだな、では……」

そして、魔王は最後の言葉を発した。

それを聞いて、俺は魔王の首を切り落とし、魔王の討伐を達成したのだった。

＊＊＊＊＊

「クレイ。君が……やったのか」

しばらくして、目を覚ました勇者でありアルトニア王国の第二王子であるユーク・ファーガス・アルトニアが、魔王城謁見の間の惨状を確認し、そう呟く。

黄金の髪と美しい青い瞳を持つユークが見つめるそこには、首が落とされた魔王の遺体と、そして俺と奴との激戦の跡が残されていた。

見るからに勇者然とした容姿のユークに対して、黒目黒髪の俺は言う。

「あぁ。なんとかギリギリ、倒すことができたよ……おっと、聖剣アロンズヴェールは返しておく。こいつがなければ、俺はきっと死んでいただろうな」

「あ、あぁ……使えたのか」

少し驚いた表情のユークに、俺は剣の柄を向けた。

「ユークが気絶した後に苦し紛れで掴んだら、意外にな。さすがにもう無理そうだが。持ってるだけで手がピリピリする」

これは事実で、聖剣は選ばれし人間にしか使えないと言われている。現実にはもっと単純で、王族の血を継いでいないと、この聖剣アロンズヴェールは使えないのだ。

そのように作られたものだから、らしい。

けれど、先ほどの魔王との戦いでユークが気を失い、俺の剣が折れた時点で他に変わりがないかと探して咄嗟に掴んだら、なぜか使えてしまった。

聖剣には意志がある、とか言われているが、そういうことなのかもしれないと思った。

そして聖剣アロンズヴェールで戦い、魔王を倒すことができた。

戦いが終わった後は、わざわざ俺に使われてやる必要はないと言わんばかりに、持っている部分からピリピリと痛みが伝わってきたが……。

だからさっさと返してしまいたかったのだ。

「本当なら、魔王討伐の英雄である君に、この剣も進呈したいのだが……」

ユークが柄を握りながら、そう言った。

しかし、俺はため息をついて言葉を返す。

「そう言われてもな。本人……本剣？　が嫌がってるんだからどうしようもない。それに、魔王討伐以外でこんなものを使う機会があるとも思えない」

「ははっ。確かにそうかもしれないな……さて、魔王の首だが……」

「しっかりと持ってるよ。《収納》に入れてある」

《収納》は時空魔術のひとつで、異空間に様々な物品を保管できるというものだ。

かなり高度な魔術なので普通の魔術師は使えないが、俺は賢者直々に使い方を教わったので、使うことができる。一度身につけてしまうと、これがないと困るくらいには便利だ。

「そうか。そういうことなら……あとは国に戻るだけ、か」

「そうだな。魔国も、魔王がいなくなれば崩壊するだろう。四天王も四人のうち三人は倒しているし……」

魔王軍四天王。魔王軍の幹部であり、いずれも強力な力を持った戦士たちだった。彼らがすべて生き残っていれば、魔王軍も存続の可能性があったかもしれないが……。

「もはや魔王の跡を継げる者はいない、か」

「魔族だけならなんとかなるのかもしれないが、魔獣に関しては魔王個人の力が大きかったからな。多くの国家との戦争の継続は無理だろう」

魔王は多くのスキルを保有していたが、その中でも魔獣を多数従えることができる《魔獣主》のスキルがあまりにも強力すぎた。

それがあったからこそ、奴は多くの魔族と魔獣をまとめて、国まで作り上げてしまえたのだ。

しかしそんな中心がいなくなれば……終わりだ。

魔獣は言わずもがな、もともと魔族も大きな群れを作るような性質ではない。

だから彼らを強力な力でまとめる者がいなければ、それで終わりなのだ。

「旅に出る時は不可能だと思っていた魔王討伐も、終わってみればなんかあっけないものだな……」

ユークがしみじみと呟いたので、俺は笑って言う。

「俺は大変だったぞ」

「そうだな。魔王を倒したのは君だ、クレイ。国に戻れば、様々な褒賞が……」

「あぁ、いや、それなんだけどさ……」

俺はユークに今後の予定について語った。

「はぁ⁉　辞退するですって⁉」

魔王討伐から数日後、アルトニア王国首都フラッタ、その中心にあるアルトニア城の控え室で、聖女フローラ・リースが目を見開きながら俺に向かってそう言った。

軽くウェーブがかった長く美しい金色の髪に、空を写し取ったが如く澄んだ青い瞳の美女だ。しかし、話してみると以外にはっきりしているというか、聖女という名から想像されるお淑やかさとは無縁な印象だ。

俺はそれを好ましく思っているが、聖女としては世間的にまずいということで、普段は猫を被っている。

ただし、この控え室にいるのは、俺とユーク、それにフローラと賢者テリタス・モーロックだけなので、遠慮なく素を出しているというわけだ。

俺はそんなフローラに言う。

「辞退したのとは違うぞ。そもそも、魔王討伐の功績は勇者であるユークのものだろう」

「それは……当初はそういう話で旅に出たわけだけど、結局実際に魔王を討伐したのはクレイ、あんたでしょ⁉　だったら、その功績はクレイのものじゃない！」

「そんな簡単な話じゃないだろ」

「簡単よ！　ユークがそう言えばいいだけなんだから！　ねぇそうでしょ、ユーク！」

フローラがユークの方を振り向いて言う。その様子は、反論は絶対許さないとでも言いたげで、ユークはフローラを見て苦笑する。
「まったくもってその通りだと思うよ、僕もね」
「だったら……」
「でもそれは、クレイ自身が乗り気だったらの話だ。クレイが功績などいらない、と言ってい
る以上、僕から強制するのは難しいよ」
「クレイ、あんた、功績がいらないって……ユークもなんで受け取るべきだって言ってやらな
いのよ！」
「言わなかったと思うのかい？　もう何度も説得したよ。僕だって自分が達成してもいない功
績で褒賞を受け取るなんてそんな盗人のような真似、したくはないんだ。でも、クレイが……
それが一番波風が立たないからって、平民が前に出てもろくなことがないだろうって、そう
言って撤回する気がないから……泣く泣く諦めることにしたんだよ」
　ユークのこの話は事実だ。
　魔王城からアルトニア王国まで帰ってくる道すがら、ユークと何度もその話をした。
　ユークは初めて俺からそれを聞いた時、絶対に褒賞は俺が受け取るべきだ、という姿勢を崩
さなかったが、それでも色々とこの先のことを話すうちに、最後は受け入れた。
「でも、だからって、そんな……」
　泣き出しそうなフローラに、今まで黙っていた賢者テリタスが口を開く。

うちのパーティーの魔術担当。

彼はまるで少年のような容姿をしている。神秘的な艶のある白髪に、魔眼を宿した紫色の瞳を持った十五歳ほどのような風貌をした華奢な少年。それが彼だ。

けれど、彼を見た目通りの存在だと思ってはならない。この中でも誰よりも年上で、誰よりも経験があり、そして誰よりも魔術に通じているのが彼なのだから。

そんな彼が言うのだ。

「フローラよ、事情をわかってやれ」

「なによ、テリタス」

フローラは不満そうな表情をテリタスに向ける。

「ユークはクレイの功績を認めておるし、それはお主も儂も、同じじゃろ」

「それはそうだけど……」

テリタスはフローラの肩にポン、と手を置いて穏やかに呟く。

「ならば、残るのは世間に伝えるかどうかだけじゃ。そしてクレイは伝えることを望まない、それだけの話なのじゃよ」

しかしフローラはまだ納得がいかないようでさらに尋ねる。

「だから、なんでなのよ」

テリタスは顎に手を当て、少し目を瞑ってから口を開いた。

「色々と理由はあるじゃろうが……まず、ユークのこれからの立場じゃな」

「ユークの？　魔王を討伐した勇者パーティーのリーダーとして、英雄として扱われるんじゃないの？」

テリタスは感心したような声を出して続ける。

「わかっておるではないか。そしてその場合、第一王子との関係がどうなるかも考えたか？」

「どちらが王位にふさわしいか、そういう話に……」

「うむ。以前であれば、第一王子が当然に、という話になったじゃろう。しかし、今やユークは世界の怨敵である魔王を討伐した、勇者パーティーのリーダーじゃ。これは世界のリーダーに等しい。ならば、第一王子が王に、という話など簡単に流されてしまう」

さすがにここまで来るとフローラも理解したようで、なるほどと頷く。

「まぁ、そうでしょうね。実際、第一王子よりユークが王様になった方がいいわよ」

「儂もそう思うが……しかし権力争いというのはそう簡単ではない。確実に邪魔が入る。コンラッド公爵などは絶対に難癖をつけるじゃろうな。そして、魔王を倒したのがユークではなく、クレイだということを知れば、ユークに功績などないという話に持っていく可能性が高い」

コンラッド公爵は、第一王子派の筆頭であり、ユークの政敵に当たる。

ユークが王子でありながら、魔王討伐などという危険な旅に出ざるを得なかった理由も、彼の画策によるらしい。

だから、テリタスの言うようなことを彼がやるだろうというのは簡単に想像がつく。

それでもフローラは言う。

「それって……おかしいじゃない。魔王討伐自体は、クレイがほとんどひとりでやったけど、そこまでずっとみんなで一緒に戦ってきたのよ。四天王だってひとりはユークが倒してるし……功績がないなんてことは絶対にないわ」

「じゃが、現実にはそこをどう捉えるかは人による。報告するにしても、その場面を実際に見た者が王都にいるわけではない。そしてコンラッド公爵がその隙を見逃すことなどあるまい……わかるじゃろ?」

テリタスの言葉に、フローラはため息をついて、

「わかりたくないけど、わかってしまうわ。クレイはそういう、必要のない軋轢が起きる可能性をできるだけ減らしたいのね」

そう言った。

俺はこれに頷いて答える。

「あぁ、そういうことだ。そもそも、別に俺って功績とかいらないんだよな」

「え?」

「俺がなんでただの平民なのに勇者パーティーにいるか、その経緯を思い出してくれよ」

「それは……予言で、あんたが勇者パーティーに必要だって言われたからでしょ。山奥の村ま

で迎えに行ったの、懐かしいわね」

そう、俺は本当にこの旅に出るまで、ただの平民だった。

今でも身分は変わらないが、力という意味ではかなり成長した。

でもその始まりは、本当に十七、八くらいのただの平民、ただの村人だった。

ある日突然ユークたちが村にやってきて、勇者パーティーに入れと言われた時は目が飛び出んばかりに驚いた。それが、国で重要な事柄について何度も予言をしてきた人物からの推薦であるとしてもだ。

しかもそのパーティーに所属しているのが、第二王子であるユークと、白き聖女フローラ、そして賢者テリタスの三人と聞けば、なおさらだ。三人とも、山奥の村にいる俺ですら知っているくらいの有名人であり、特別な存在だったからだ。

そんな中に、俺なんかが入れるわけがないと、まず、そう思ったくらいだ。

けれど、国からの命令に近い要請を俺や村長が断れるわけもなく、どうせ途中で役立たずだとパーティーから追い出されるだろうとついていった結果、最終的にはこうして魔王を討伐することになってしまった。

ただの平民がするにしては、大それた事態である。

だからこそ、俺は望んでいないのだ。これ以上、騒がれることを。

長い旅を通じて、大きな力を得たし、それをなにかのために使うことにためらいはない。

パーティーのみんなともほとんど親友と言っていいほどの仲になれたし、そんな彼らと少し距離ができてしまうことは寂しくは思う。

けれどそれでも、俺は彼らのように注目されることに慣れていないのだ。

「あぁ、懐かしいな。まぁ、あの時の要請を受けたこと、そしてみんなとこうして旅ができたこと、色々と教えてもらえたことに全然後悔はないよ。だけど、英雄として奉られるような事態も特に望んじゃいないんだ」

「でも……そうすれば、報酬だって思いのままよ」

確かに、報酬は魅力的かもしれないが……。

「今の俺には、みんなから学んだ力がある。その気になれば、自分の食い扶持を稼ぐことくらい普通にできる」

「というか、余裕でしょうね。別に魔王が倒されたからって魔物がいなくなるわけでもなんでもないし。冒険者にでもなれば、すぐにいくらでも稼げるわ」

「そうだろ。だからあえて面倒くさい英雄様になんて、ならなくていいんだよ。そういうのは全部、ユークに押しつけて俺は好きなことやりたい。本音はただそれだけなんだ」

そう言うと、さすがのフローラも納得したらしく、

「なるほどね。確かにユークに全部押しつけた方が、楽ね」

と頷いた。

これに当のユークは肩を竦めて言った。

「おいおい、ひどくないかい？」

「王子様なんだから、そういうの慣れてるでしょ。頑張りなさいよ」

笑顔で言い募るフローラに苦笑するユーク。

「いやぁ……そうだけどさ……」

「私も教会であんたを後押しするから、第一王子なんかに負けるんじゃないわよ」

「兄上はそこまで甘い人でもないんだけど……まぁ適度にその辺は頑張ろうかな。で、そういうことなら、みんなで口裏合わせでもしようか」

「口裏合わせ？」

首を傾げるフローラに、ユークは説明する。

「魔王討伐の経緯だよ。普通に話したらクレイが全部やりました、になっちゃうからね」

「あぁ……」

「その辺りの脚色は儂が得意じゃぞ。後で吟遊詩人がうまいこと歌えるように整えてやるから、お主らはそれを覚えて語ればよい」

テリタスが悪巧みをするような表情で言ったので、みんなは笑顔で頷いたのだった。

「勇者ユーク・ファーガス・アルトニア。此度の魔王討伐、大義であった！　その功績を讃え……」

口裏合わせをした後、役人に呼ばれてやってきた謁見の間で、国王であるゼルド・ファーガス・アルトニアがユークの功績について、そんな風に讃える。続いて聖女フローラ、そして賢者テリタスと続き、最後に、

「クレイ・アーズ。お前は平民であるにもかかわらず、英雄に付き従い、確かに役に立った。なにか望むものはあるか？」

と尋ねてくる。

この言葉に、フローラはぴくり、と反応しかけるが、さすがにここで文句を言うのはまずいというくらいの常識はあったようだ。静かに膝をついたまま黙っている。

俺は国王陛下の言葉に答えた。

「いいえ。私はただの平民にすぎず、勇者様方の旅についていけたこと、それ自体が褒賞のようなものでございます」

「しかし、間違いなく此度の旅は危険なものであった。たとえ荷物持ち程度だったとしても、余人にできることだったとは思えぬ。なにか……そうだな。では、金貨一万枚と……馬車などではどうか」

金貨など、十枚あれば平民の一家が一年暮らせるほどの金額だ。

それを一万枚など、あまりにも大盤振る舞いであると言える。

しかも馬車までくれるというのだから、ありがたいことこの上ない。

「陛下のご厚情に感謝いたします」

そう言うと、陛下は首肯して話を進めていった。


謁見の間での報告と褒賞の話が終わり、外に出ると、ユークの部屋に招かれた。

これは、フローラとテリタスもだ。

「もう！　なんなのよ、あの国王陛下の台詞は！」

ユークの部屋に全員が揃うと、早速、といった様子でフローラがブチ切れた。

それにユークが笑って言う。

「あれは仕方がないことじゃないか。クレイが荷物持ちだったとか、そんな話は僕らが報告したんだよ？　そりゃあ、父上としてもああ言うしかないよ。他の貴族たちも聞いていたんだし」

先ほどの報告では、テリタスが考えた内容——俺が旅路の中で主に担っていたのは荷物持ちで、戦闘にはろくに参加することなどなかった、魔王との戦いにおいても同様だった、という話をした。

その結果としての陛下のあの言葉なのだから、むしろ優しかったとすら言える。

せっかくついていったのにその程度しか役に立たなかったのか、と言われるのが普通だ。

さすがにその理屈はフローラにもわかったようだ。

「でも、腹が立つのよ。戦闘も最後の方はクレイが一番強かったでしょ」

「それは僕だって同感だけどね。あの報告内容はクレイの望み通りだし……あぁ、褒賞の方もあれでよかったんだよね？　一応、事前に父上に根回ししておいたんだけど」

ユークの言葉に俺は頷いて答える。

「あぁ、完璧だよ。むしろあれ以外のものをもらってもあんまり意味がなかったからな」

「しかし、なにに使うつもりなんだい？　これから君がどうするのか、まだ聞いてなかったよね」

「そうだったか？　昔から言っていたような気がするが……」

思い出してみるに、確かに改めては話していなかった気はする。

「なんかこれからの予定でもあるの？　クレイ」

と、フローラが尋ねてきたので、俺は言う。

「あぁ……これからは、もうみんな自由なわけだろう？　もちろん、ユークは王子様として宮廷闘争を頑張るんだろうし、フローラも聖女として教会の悪鬼たちと戦っていくんだろうが……」

「嫌な言い方をしないでくれよ……どんよりするじゃないか」

「私も戻るの嫌になってきたわ、教会」

ユークとフローラが顔を引きつらせる。

「テリタスは……」

「儂は今までと変わらんな。好きに生きるさ。とりあえずは王立魔術学院に戻るが、儂がいてもいなくてもあまり関係ないじゃろうしな」

「そうか……ま、そういう感じでみんなはしっかりとやることがあるわけだ。でも俺はなんにもないからな。俺の故郷の村での扱いは知っての通りそれほどよくなかったし、そんなのが急に錦を飾って戻ってきても、気まずいだろう。だから村に戻っても居場所があるとも思えないし……だったら自由に生きようかと」

これにフローラは、

「でも、多少の気まずさがあっても、村に戻ったら、それこそ英雄扱いで生きていけるんじゃない？　小さな村なら荷物持ちだったとしても勇者パーティーの一員だったという事実だけで、一生敬われそうだけど」

と言ってくる。

「だから、敬われるのは嫌なんだって……」

「そうだったわね。じゃあ自由にって、なにをするつもりなの？　行商人とか？　あぁ、そういえば冒険者になってお金を稼ぐとかも言ってたわね」

行商人の方は、俺が褒賞で馬車をもらうことになったからだろうな。

しかしどちらも外れだ。いや、後者は近いかもしれないか。

俺は言う。

「どっちでもないが……とりあえず俺は辺境に向かうつもりなんだ。そこで、開拓をする。辺獄の開拓をさ」

「え!? そんなことしてどうなるのよ……」

フローラが妙な表情をしたのは、辺獄の開拓など正気ではない、と誰もが考えているからだ。

アルトニア王国の東端に存在する未開拓地域。

その場所には、さらに東に深く広大な森が広がっており、強大な魔物が跋扈《ばっこ》していると言われている。

辺境には一応、村があって、そこまでは人間が足を踏み入れても問題ないのだが、その先に存在する未開拓地域は今まで一度たりとも開拓できたことがなく、辺境にある地獄、という意味で辺獄と呼ばれているのだ。

辺獄はあまりにも広く、すべての土地を合計すれば、それこそアルトニア王国そのものよりも広いと言われているほどだ。

当然、王国としても何度も開拓をしようとしてきた。しかし、大量の兵士を派遣し、多くの魔術師たちを投入してきたにもかかわらず、すべて失敗している。その理由は、辺獄の濃密すぎる魔力に狂うとか、恐ろしい魔物が大量にいてどうにもならなかったからだとか色々と言われているが、ろくに資料が残っていないためはっきりしたことはわからない。

辺境にかろうじて人が住めるように村を作ったが、そこまでだった。

あまりにも多くの犠牲を出した王国は、辺獄の開拓を諦め、放置することにした。

もしも向こうからなにか攻め込んでくるならそういうわけにはいかないだろうが、辺獄に国の存在は確認されておらず、放置している限り、大した危険はなかったからだ。

俺はその辺獄を開拓したい、と言っている。

「古い王国法にあるだろう。辺獄開拓については、自らの手で行った場合、その土地を自分のものにしてもいいって法がさ」

俺のこの言葉に、ユークが、

「確かにあるね。今でも有効だ。誰も実現してはいないということだけが問題だけど」と言い、

「あれは誰もできないと考えての苦し紛れの法というか……自分たちにできないから、誰かやってくれたらありがたいという他力本願そのものじゃな」

とテリタスが言う。確かにそのような法律だけれども、実際にあるのだ。だから活用できるなら活用すべきである。

「……自分の領地が欲しいの？」

フローラが微妙な表情で尋ねてくる。

俺はこれに首を横に振って答えた。

「そこまで大それた話じゃないぞ。自分で好きにしていい場所を自分の力で開拓したいって、

ただそれだけの話さ」

「うーん、できるのなら楽しいのかもしれないけど……」

「できなかったらできなかったで、それでも構わない。でもやりがいがありそうだと思わないか？」

「馬鹿ね、と言いたいところだけど、やりたいっていうのなら止めないわ」

「ありがとう。で、そのために金と馬車を使うのさ」

「まぁなにもない土地でしょうからね。王都で物資を購入して、馬車で辺獄まで運ぶというわけ？」

「そういうことだ。荷物は《収納》に入れて運んでもいいんだけど、持ってる力についてあんまり初めから言いふらすつもりもないしな。カモフラージュもある」

　これについてはテリタスが頷いて言う。

「うむ、その方がいいじゃろうな。お主は、儂ら全員からすべてを学び取った。その力を見せれば、どういう人間が寄ってくるかわかったものではない。まぁその気になればそんな者など簡単に退けられるじゃろうが、それこそ、その後は血で血を洗う闘争の日々に突入してしまうじゃろうしな」

「それは俺も勘弁してほしいところだからさ。使うべきところでは使うけど、可能な限り見せびらかさない方針で頑張っていくよ」

それから、ユークが、

「しかし、辺獄か。王都から遠すぎるな。中々これからは会うのが難しくなりそうで、寂しいよ」

と言ってくる。

「別に会いたいならいつでも会いに来ればいい。いや、俺が会いに来た方が早いか？」

「僕はこれから先、王都を離れるのが難しくなるだろうからね。たまに来てくれると嬉しい」

「わかった。その時は連絡するよ」

続けてフローラが口を尖らせて言う。

「ちょっと、私のことも忘れないでくれる？」

「別に忘れてないだろ？　というか、場合によってはフローラの方が会うの難しそうだな」

「なんでよ」

不満そうなフローラに、俺は説明するように答えた。

「フローラは教会の聖女様だろう。教会に行っても門前払いされそうで……」

フローラはこれに拳を強く握りしめて、声に力を込めた。

「そんなことはさせないわ。私がしっかり言い含めておく。だから必ず来なさい。来なかったら私から訪ねていくからね！」

「辺境にか？」

「そうよ！　困るでしょう？」

腰に手を当ててさも自慢げに言うので俺は苦笑する。

「わかったわかった。ちゃんと会いに行くって」

続けてテリタスが軽い様子で言う。

「儂はふらっと辺境くらい行けるからのう」

「テリタスはそうだろうな」

「ま、その時はなにかうまいものでもごちそうしてくれ。加えて珍しい魔物の素材など用意しておいてくれると嬉しいぞ」

魔術師であるテリタスだが、魔導具職人としても知られた人だ。

魔物の素材の扱いは誰よりも得意としているがゆえの台詞だった。

「了解したよ。向こうになにがいるのか、まだわからないけどな」

それから、

「さて、名残惜しいが、そろそろ時間かな」

ユークがそう言った。

俺はともかく、他のみんなはもともとの仕事があるため、忙しい。

今日ここに着いた時点で、これから先の予定がほぼすべて埋まってしまうくらいには。

そんな中、無理を通してここにこうして集まったのは、こうやってパーティーとして最後の別れを告げるためだ。

いいパーティーだったよな、と思う。

「みんな、元気でな」

俺が言うと、

「私はいつでも元気よ。あんたこそ、死ぬんじゃないわよ」

フローラがそう言い、

「僕はとりあえず兄上に殺されないように気を付けておくよ」

とユークが肩を竦め、

「儂は寿命がこない限りは問題ないぞ」

とテリタスが冗談まじりに言って笑った。

これが、王都での勇者パーティー最後の記憶になった。


次の日から、俺は旅の準備を開始した。

ちなみに、王都での滞在先はユークが用意してくれた宿になった。

普通ならとてもではないが平民が気軽に泊まれるようなところではなかったが、そこはさすがに王族の力だ。

俺が特に支払う必要もなく、いくらでも滞在してもいいと提供してもらった。

まさか十年も二十年も滞在するつもりはないが……もしそうしても、ユークなら笑って許してくれそうな気がする。

ちなみに、報酬として国王陛下から下賜された金貨と馬車も、次の日には宿に届けられた。馬車については宿の方で出発の日まで面倒を見てくれるということで、至れり尽くせりと言っていい。

金貨も大量にもらえたから、これを使えば旅の準備も余裕で整えられる。

購入する物品は様々だが、俺がまず優先したのは書籍だった。

必要な知識が得られる本……これから向かう辺境には、まず間違いなく本屋など存在しないから、王都で揃えておく必要があった。

単純な趣味としても読書は俺にとって大事なものだからな。

俺は勇者パーティーとして旅に出る前には、文字を読むことができなかった。ただの平民だったからだ。けれど、旅の中でユークたちから文字を教えられた。

俺以外は全員、教養のあるメンバーだったからな。特に、賢者であるテリタスは、その深く広範な知識のすべてを惜しげもなく教え込んでくれた。

その甲斐もあって、今の俺は読書が最大の趣味、と言っていいほどになっている。

だから、書籍購入は必須なのだ。

加えて、食料品や作物の種、それに日用品の類も大量に買い込んだ。

辺境になにがあってなにがないのかは、想像もつかないからだ。

一応、情報を仕入れてはいるのだが、王都から辺境はあまりにも遠すぎて、その情報がどれだけ正しいのかも怪しいものだ。

だから、仮になにもなかったとしても生活できる程度のものは、買っておく必要があった。

最後に戦闘に必要なもの……武具や魔道具、薬品の類だ。

これらについては勇者パーティーで旅する中で手に入れたもの、購入したものが《収納》の中に未だに大量に残ってはいる。しかし、高価なものだったり、平民が使うにしては豪華すぎるように見えるものがあったりで目立つ。

一応、旅の中で変装用に、とか目立たないようにと買ったものもあるのだが、さすがに使い込みすぎていたり古すぎたりするものもある。

だから予備も含めて新しく買うことにしたのだ。

いずれの品についても、さすがに文化の中心地たる王都だけあって、最終的には質のいいものが手に入った。

これで安心して王都を出発できる。

そう思えた次の日、俺は宿を出て、王都を出発することにした。

「今日まで世話になったな、支配人」

老齢の、髭を綺麗に撫でつけた宿の支配人に、俺は言った。

彼はピンと伸びた背筋を直角に曲げて頭を下げ、

「いいえ、そのようなことはございません。従業員一同、今日までアーズ様に、ここに滞在していただいたこと、それこそが大変な誉れだと思っております」

と言った。

その台詞に妙な意味合いを感じた俺は、ふと尋ねる。

「ちょっと待った。どういう意味だ？　俺は殿下の……知人にすぎないんだぞ。それなのに」

しかし首を傾げた俺に、支配人は言うのだ。

「これでも私は殿下とはその幼少期からの大変長い付き合いになります。ここには殿下も気が向かれた時に滞在されるほどです。そしてそのような時に、様々なご相談や雑談を、僭越ながらもさせてもらうことがあるのです」

「つまり、あれか。知っているということか」

なににについて、とは言わなかったが、支配人はふっと微笑み、

「ええ、アーズ様こそが、救世の英雄、真の勇者でいらっしゃることは、殿下より直接教えていただきました」

そう言った。

驚きはしなかった。むしろ、やはりか、という納得すらあった。

なにせ、ここに滞在している間、この宿の従業員は俺に対してあまりにも丁寧だった。

もちろん、かなり高級な宿であるから、サービスがいいのはある意味当然と言えば当然であるのだが、従業員の一部の視線に宿る、畏怖や尊敬の念がたまに見えたのだ。

その意味するところは明らかで……ただ今日まで確認することはなかった。気のせいだと思いたかったからだ。しかし、はっきりしてしまった以上は、釘を刺しておかなければならない。

「……その、周囲には黙っておいてくれるかな？　別に言ったところで誰も信じはしないと思うが」

するとと支配人は微笑んで答える。

「もちろんでございます。殿下からも、他言無用だと、強く言われておりますので……」

「助かったよ」

「ですが、条件がございます」

「なんだ？」

「王都にいらした際には、ぜひまた、うちにご滞在くださいませ」

「そんなことか……構わないが、ここの宿代って一泊いくらなんだ？　あまりにも高すぎると、さすがに厳しいぞ。今回は殿下の計らいで泊まれているが、もともとただの平民にすぎないんだ、俺は」

「それはお気になさらず。真の勇者様から代金など受け取れません。いつお泊まりになろうとも、万難を排して、無料でご滞在していただけるようにいたします」

「いや、それはさすがに……」

申し訳なさすぎないか？

そう思った俺だったが、支配人は笑って続けるのだ。

「アーズ様がいらっしゃらなければ、このような宿をのほほんとやってられるようなことはなかったのです。それに比べれば、その程度の宿代など大したものではございません」

「はぁ。わかったよ。そこまで言われたら断れないじゃないか。次に来た時は、必ずここに滞在させてもらう……別に一番安い部屋でいいからな？」

「スイートルームをご用意して、お待ちしております」

それは一番高い部屋だろうが、と言いそうになったが、ある意味でこの支配人も頑固そうだ。

ユークと長く親交を結んでいるだけのことはあるな、と思った。

あの王子様もまた、あの物腰と雰囲気で、意外に強情というか、頑固なところがあるのだ。

だからこそ、当初は不可能と言われていた魔王討伐の旅を成功させられたわけだが……。

「じゃあ、そろそろ行くとするよ」

支配人にそう言うと、

「またのご利用を、お待ちしております。いってらっしゃいませ」

と、彼は頭を深く下げたのだった。

王都を出発するにあたって、ユークたちに改めて挨拶すべきだとは思った。

しかし、考えた末に、やめておくことにした。

色々理由はあるが、彼らは今や、世界一と言っていいほどに忙しい人たちだからだ。

ユークは魔王討伐を達成した勇者であり、今では世界の英雄そのものである。

多くの人から尊敬と憧れの視線を向けられ、パーティーには引っ張りだこ。

国民からは第一王子を差し置いて次の国王にと望まれている人気者と化している。

また聖女フローラはそんなユークの隣に立つ女性としてふさわしい、なんて見られている。

フローラは俺たちの前ではあんな感じだが、普段は聖女の名にふさわしく、慈愛に満ちた美貌の人だ。その身に宿る神聖力は人類最高であり、どのような傷であっても一瞬で治すことのできる法術の使い手でもある。

法術は魔術とは異なる技術体系であり、魔力を使わずに祈りや神聖力を通じて奇跡を起こすとされるものだ。信仰心が深いほどに強力な法術を使えると言われ、従ってこれの最高位の使い手は聖女などと呼ばれ、敬われる。

彼女は、教会内において最高位の重要人物になっていて、信者たちに向かって毎日説教を行い、各地を回って教会の威光を知らしめる予定が大量に待っているほどだ。

テリタスについても似たようなもので、魔王討伐の旅の道中、賢者として多くの魔術を作り出し、実践し、そして発展させてきた彼の力は、どんな魔術師であっても追いつけないほどになっている。

そんな彼の教えをどうしても受けたい、という者が王立魔術学院に殺到しているらしい。

これを断るのはたやすいように思えるが、テリタスはあれで意外に面倒見がよく、頼まれたことを簡単に無下にはしない男でもある。だからこそ本来自由に、それこそ国の機関になどいなくても生きていけるだけの力を持っているのに、王立魔術学院に所属しているのだ。

俺が辺境に行っても簡単に訪ねられる、と言っていたが、実際にはその機会が最も少ないのはもしかしたら彼なのかもしれなかった。

このように、三者三様で恐ろしいほどに忙しく、とてもではないが会いたいといって簡単に会うことはできない。

そもそも、俺は勇者パーティーの一員ではあったが、公的には〝ただの荷物持ち〟である。

そんな俺が、かつてのパーティーメンバーだからと会いたいと言っても、彼らの周囲は素直に連絡を取ってはくれないだろう。向こうから連絡してくれるならともかく、こちらからふらっと会いに行くことは難しい。

彼らはそういう地位にまで今、上り詰めてしまったのだ。

「なんだか随分遠くなってしまったような気がするな……」

馬車を王都正門まで操りながら、呟く。

次に彼らに会える日はいつになるだろうか。もしかしたら、もうこないのかもしれない。

けれどそれでも……。

「俺たちは、仲間だった。これからもきっとそれは変わらない。また、いつか……」

会えたらいいな、そう思って、俺は王都を出たのだった。


辺境への旅路は長い。

いい馬車といい馬をもらったものの、それでも普通に行けば二、三週間はかかるだろう。

王都からどれだけ離れているか、そのことだけでもわかるな。

しかし、ひとり旅か。考えてみれば、初めてかもしれない。

俺はもともとただの平民だった。

山奥の村で生まれ、そこで一生を過ごしていくものだと思い、それを疑ったことはなかった。

だから、勇者パーティーでの旅が初めてだ。

勇者パーティーを離れたこともたまにあったが、一時的な用事であって、ひとり旅と言えるほど、離れたことはなかったように思う。

「意外に寂しいもんだな」

そう思った。

あの頃は、御者も野営も分担して行えたが、今はすべてを自分ひとりでやらなければならない。

大変……というほどではないのだが、背中を任せられる仲間が、今はひとりもいないということがたまらなく寂しかった。

でも、これからはこうして生きていかなければならないのだ。

それに、一緒に旅こそしていないが、彼らはずっと、俺の仲間だ。

そのことを忘れてはならないな……。

そう思いながら、俺は辺境までの道のりを順調に進めていく。


旅を続け、あと数日で辺境に到着するという頃、俺は女性の悲鳴を聞いた。

少し離れた場所のようだが、常に周囲を警戒している俺にはかなりはっきり聞こえてきたから間違いない。いったいなにが起こっているのかわからなかったが、とりあえず確認しに行こうと思った。

俺が手を出すまでもない話だったら、それはそれでいい。

しかし誰かが危機に陥っているというのなら、お人好しと呼ばれてもいいから助けてやりたかった。

そして、現場に到着すると……。多くの魔物——フォレストウルフと呼ばれる狼型の魔物の群れに襲われている一行がいた。

パッと見ではわからないが、おそらくは馬車の中に隠れているのだろう悲鳴の主の女性がひとりと、どうにかフォレストウルフを追い払おうと武器を振るっている成人男性がひとり。

俺は急いで駆け寄り、

「助けが必要か⁉」

そう尋ねた。

すると、男性は唐突に現れた俺に一瞬驚いたように目を見開いたが、緊急事態であることをすぐに思い出したようで、すぐに頷いて、

「お願いできますか！」

と言ってきた。

「わかった！」

俺は頷き、まず馬車に結界魔術をかけて女性の安全を確保し、また男性と自分に補助魔術をかけた。全部で二十匹ほどしかいないので、やりすぎかもしれないが、万全を期するのは悪いことではないだろう。

そこからは簡単だった。

魔王軍との長い戦いの日々と比べれば、フォレストウルフくらいなにほどのことか。

軽く剣を振るっていくだけで、すぐに片付いてしまった。

「こんなものか」

ついそう呟いてしまうくらいには。

そんな俺の様子を、男性は驚いて見つめていたが、すぐに我に返ったようだ。

「た、助かりました……！　ありがとうございます！」

「いや、大したことじゃない。それよりも、すぐにここを離れた方がいい。血のにおいが濃すぎるから、他の魔物が寄ってくる」

「ですが、フォレストウルフの毛皮はいい素材に……」

「確かにそうだ。だから俺が回収するよ」

そう言って俺が手を掲げると、その場にあったフォレストウルフの死骸はすべて、俺の《収納》に投げ込まれる。

《収納》には種類があり、内部時間の進行などに差があるが、俺は内部時間の完全停止に成功しているので、腐ることはない。

「ま、まさかこれは……《収納》!?　高名な魔術師様ですか!?」

《収納》を目の当たりにした男性は、そう尋ねてくる。

しかし俺が、

「その話は後だ。早く移動しよう」

と言うと、そうだった、と思い直したようだ。

「そ、そうですね！　では……」

と言って、手綱を握り馬車を進めていく。

俺は自分の馬車を後ろに停めてきたから少し先で合流しようと伝え、その場を離れた。

「なるほど……辺境に向かう途中だったのですね」

そう言ったのは、商人のグランツという男性だった。

四十をいくつか超えた程度と思しき細身の人物で、彼はこれから自分の村である辺境唯一の村、エメル村に向かう途中だったという。

少し離れた場所にある領都から物品を仕入れて、帰路についたところ、先ほどのフォレストウルフに襲われてしまった、ということらしい。

「あぁ、ちょうどいいところに通りがかったみたいで、よかった。危なかったな」

俺がそう言うと、グランツは、

「いやはや、本当にその通りです。しかし、本当にいいのですか？　護衛料など支払わなくても……」

と申し訳なさそうだ。

彼が辺境の村の人間であると聞いて、実は先ほど、グランツにそこまで護衛をしようかという話を持ちかけたのだ。

護衛料はいらない、その代わりに、辺境の話を道中聞かせてくれないか、という条件で。情報は時には金よりも価値のあるものだ。それが、王都には滅多に流れてこない辺境のものであるのなら、なおさらのこと。

ちなみに言葉遣いについては先ほどは緊迫した状況だったので敬語は使わなかったが、あの場から離れた時点で改めようとしたら命の恩人なのでそのままで構わないと言われて、こうなっている。もともと敬語はそれほど得意ではないのでありがたいと受け入れた。

「辺境について色々教えてくれるなら、むしろそちらの方がありがたいさ。金にはさほど困っていないからな」

「確かに、あれだけの腕があるのならそうでしょうね」

それから、グランツの連れで彼の娘だという、まだ十代の明るい雰囲気をしたリタという女性が、俺に言う。

「クレイさんは、冒険者なんですか？　村にも冒険者を引退して守人をしている方がいるんですが、あそこまで強くなかったのですけど……」

「そうなのか？　残念ながら、俺は冒険者じゃないんだ。似たようなことはやってきたが、登録してなくてね。ただその仕事も晴れてお役御免になったから、これから冒険者になってみてもいいかもしれないとは思っている」

「もしかして、なにか危険な仕事を？」

怪訝そうな表情でそう尋ねられて、あぁ、少し言い方が誤解を生むような感じだったかも、と思い直した俺は言い訳のように言う。

「いや、その、危険な仕事なのは間違いないんだが、別にいかがわしいことをやってきたわけじゃない。むしろ、胸を張って自慢できる仕事だったさ。ただ、もうその仕事には、俺はいらないらしくてね……それで」

するとリタは申し訳なさそうに言った。

「そうでしたか……すみません、誤解しちゃって」

「いや、俺の言い方も悪かった。それより、辺境のことを聞かせてくれないか？　特に辺獄について知りたくて」

「辺獄ですか⁉　また随分と意外なところについて知りたがるんですね……いいですよ。といっても、大した情報は私もお父さんも持ってないですけど」

そこからふたりが話してくれた内容は、王都では聞けないことばかりだった。

まず辺境の地なのだが、そこにあるのは小さな村ひとつで、それが彼らの住んでいるエメル村であるという。主な収入源は、辺境でしか採れない特殊な薬草などであり、それがあるからこそ、なんとか辺境の地でもやっていけるらしい。

辺獄は辺境の東に広がる森なのは間違いないが、辺境の民ですら、辺獄に足を踏み入れることは滅多にないらしい。

森の浅い部分でさえ危険であり、よほどの命知らずであっても入ろうとしない。

そういう場所を辺獄と言うようだ。

では森の恵などを採取する時はどうするのか、と思えば、辺獄の手前に、普通の森があり、そこで得るのだ。

その森と辺獄との違いはなんだ、と聞けば、見ればわかるのだと言われてしまった。

言葉で説明することもできるが、見るのが一番早いのだと。

そう言われてしまえば、それ以上尋ねるのは憚られた。

まぁ、なんにせよ、これから俺たちは辺境に向かうのだ。

もう数日もすれば確実にわかることだし、いいか、と諦める。

あぁ、到着する日が楽しみだな……。

＊＊＊＊＊

アルトニア王国王都フラッタ。

そこにあるアルトニア城の中庭にて第二王子であるユークが紅茶を楽しんでいると、ひとりの人物が通りかかる。

「おやおや、これはこれは、ユーク殿下ではございませんか」

その声に顔を上げると、ユークは侍女たちに合図を送り、下がらせた。

「コンラッド公爵。なにか僕にご用ですか？」

そう、そこにいたのは、コンラッド公爵。

いわゆる第一王子派の筆頭と言われ、ユークにとっては政敵に当たる男である。

普段ならまず寄りつきもしない人物のはずなのに、わざわざこうして訪ねてくるなど、珍しいことだとユークは思った。

「いえ、そういえば王子殿下には、魔王討伐のお祝いを直接申し上げていなかったと思いましてね。このたびは本当に、素晴らしいことをなさいました……素晴らしすぎるほどに」

「あまり嬉しそうではないね、コンラッド公爵」

「いえいえ！　まさかそんな。ですが……殿下。本当に魔王を倒されたのですか？」

頭を下げつつ、視線だけ上に向けてコンラッド公爵が尋ねる。

そこに宿る得体の知れない光を見て、ユークはなにか不穏なものを感じた。

まぁ、この男にとって、ユークが魔王を討伐した、などという事実はなにがなんでも否定したいのだろうから、そういった敵意は当然ではある。

だから特に心を乱すことなく、ユークは答えた。

「なにを疑っておられるのかわからないですが、確かに倒しましたよ。魔王の首をご覧になりましたでしょう？」

「ええ、ええ。ですけど……あの首からは、魔力が失われておりました。それに魔王の顔など誰も見たことがないものですから。……本当にあれが魔王の首なのかは、誰にも判別がつきませぬ」

そう来たか、と思いつつもユークは尋ねる。

「では誰の首なのですか？」

「たとえば……そこらの魔族とか。魔族の首であることは明らかですからね」

「しかし、あれは教会の鑑定により、魔王の首であると断定されています」

「ふむ……ユーク殿下は聖女とも仲良くていらっしゃる。とすれば……いや、これは下世話な推測でしたな。謝罪を」

聖女を通して教会の鑑定を偽造したと言いたいのだろう。

もちろん、そんなことするわけがないし、必要もない。

とにかく不敬なことばかり言う男だと心底思うが、しかしそれが可能なだけの権力をこの男は持っている。

いや……持っていた、かな？

第一王子こそが次期国王の筆頭候補だった以前とはすでに状況が違う。

そんなことが読めない男ではないはずだが……いや、読めなくなっているのかもしれないな。

今語った彼の推測。それを真実だと信じているような、その感じ。

魔王討伐などという、想像もしていなかった事態に、彼の頭脳もその働きを失ってしまっているのかもしれない。

そんなことを考えたユークだが、おくびにも出さずにコンラッド公爵に言う。

「コンラッド公爵」

「なんですかな？」

「色々とおっしゃっておられますけど、結局のところ、なにをしにいらしたのですか？　暇そうに見えるかもしれませんが、僕はこれでも忙しいんですよ」

これは事実だった。そして純粋な疑問だ。

ユークのことを憂さ晴らしに貶しに来たのだ、というのなら時間の無駄だ。

しかしいくら権勢に衰えが見えてきたとはいえ、そこまで無意味なことをするような男ではない、という程度の評価はある。だから気になったのだ。

これにコンラッド公爵は、待っていました、とばかりに口を開いた。

「いえね、少しばかり証明をしていただければ、おもしろいのではないかと思いまして」

「証明ですか？　いったいなんの？」

「貴方のお力が、魔王を倒すに足るものだった、という証明です」

「ふむ……？　しかし、その証明には魔王をもう一体用意する必要がありませんか？」

これは馬鹿にしたのではなく、本気で思ったことだ。

魔王の強さは異常だった。魔王そのものが強いのではなく、配下にあるものを支配し、そして強化するスキルを持っているがために魔王は恐ろしいのだ、と当初は認識していたが、実際に相まみえて確信した。

そもそも、あれこそが世界最強の存在であったのだ、と。

だから、魔王を倒せるほどの実力を証明するには、もう一度戦うしかない。

そしてそのためには、あれをもう一体、用意するしかない。

自然な論理だった。

しかしコンラッド公爵はそうは捉えなかったようで、

「恐れているのですかな？　その実力がないという事実を、国民に知られることを」

などと言ってくる。

ここまで来て、ユークはコンラッド公爵の企みを理解した。

コンラッド公爵は、なぜだかわからないが、ユークが魔王を倒したわけがない、と思っている。先ほど自分で言ったことを事実だと考えているのか、それ以外になにか確信があるのかはわからないが……。

そしてそうだとするなら、ユークに大した強さはないと推測しているのだろう。

それを理解して、ユークは、なるほど、確かに間違ってはないなと思った。

事実、魔王を倒したのはユークではない。あくまでも、クレイだ。

そしてクレイに比べれば、ユークの強さなどそこらのスライムみたいなものだ。

今はもう、そう確信するに至っている。

だが……。

「僕は、国民に自らの利益のために隠すようなことはひとつもありませんよ、コンラッド公爵」

「であれば……実力の証明を求めたい。これはなにも、殿下を貶めたくて言っているわけではないのです。実際に国民がそれを目にすれば、殿下の名声をより確かなものにできると、そう考えているだけで……」

ここでコンラッド公爵に、嘘をつくな、と言うのは簡単だ。

だが、それでは引き下がらないだろうということもはっきりしている。

それにこの思惑に乗ったところで、自分がどうなるわけでもないとユークは確信していた。

ユークはクレイよりも確かに弱い。

弱いが、それでも勇者パーティーでリーダーとして戦ってきた。

それはつまり、一般人と比べれば隔絶した実力を持つということに他ならない。

「話はわかった。コンラッド公爵。では僕の実力の証明とやらの話を受けようか」

「おぉ、それでこそ王者の器です」

「しかし、どうやって証明するのかな？　さっきも言ったように、魔王など用意はできないだろう」

「そのことなのですが、S級冒険者を三人ほど用意できます。彼らと戦うことで証明していただければどうかと」

なるほど、これがもう勝ったような表情をしている理由か、と納得する。

Ｓ級冒険者は、民間に存在する武力団体の頂点だ。場合によっては、王立騎士団の騎士団長に匹敵する腕の者もいる。

それを三人相手にしろ、というのは普通ならとんでもない話だ、となるだろう。

しかしユークは表情を変えずに答える。

「よしわかった。まずは日取りを決めようか」

第二章　辺境到着

「……ここが、エメル村か」

馬車から降りて、周囲を見回す。

ここがアルトニア王国最果ての場所。辺境の地にして辺獄の畔の村、エメル村だ。

しかし、こうして実際に見てみると王都で言われていたほどひどい土地には思えなかった。

むしろ長閑で美しい村のように感じられる。

「いい村でしょう？　こんな場所にあるのが信じられないくらいに」

自分の馬車を停めてきたらしいグランツがいつの間にか俺の横に立っていて、そう言った。

油断していたつもりはないが、こんな場所でそうそう戦闘なんてないだろうと思って気が抜けていたかかな。実際、村の周囲には特に魔物の気配などもなくて、危険な土地という感覚があまりしないのだ。

だから俺は頷いて言う。

「あぁ、いい村だな。もっと恐ろしい場所だと思ってた」

「辺獄の畔にあるような村だから、と？」

グランツが苦笑して尋ねる。

俺はそれになんと返すべきか迷うも、素直に答えるしかなかった。

「そうだな、申し訳ないが……」

しかしグランツは首を横に振って微笑む。

「いえ、いいんです。その通りでしょうし。事実として、辺獄自体はどこよりも恐ろしい土地ですが、エメル村のあるこの辺りは他のどこの村とも変わらない、穏やかな土地柄なんですよ」

確かにそれは納得できることで、俺は頷いた。

「どんなところでも、実際に自分が来てみなければわからないものだな。気に入ったよ」

「そう言っていただけるとありがたいです。あ、そういえば……」

ふと気付いたようにグランツが口にする。

「なんだ？」

首を傾げた俺に、彼は続けた。

「いえ、今日お泊まりになる場所はお決まりかと思いまして……」

「宿をやっているところはないのか？」

言いながら、なさそうだな、とは思った。

大抵の村には、行商人や旅人などが滞在するための宿があるものだが、このエメル村にまで来る奇特な人間は極端に少なそうだ。

可能性が高いとしたら行商人の方だろうが、それにしたって、村が特産品を売り込む時の取引はグランツがその役目を担っているようだし。もし仮に特別な品が欲しかったとしても、グランツに直接大きな街で手に入れてくるように頼めばそれで足りる。

そんな状況だと、宿を商売としてやる家など滅多にないだろう。

このような村では、行商人が来ても、それこそ村長の家などに泊めるというのが大半になってくる。

あとは、空き家を貸すとかかな？　まぁ、それでも屋根がある場所に滞在できれば嬉しいんだが……最悪、野宿もあり得るとは思っていたし。

そんなことを考える俺に、グランツは言う。

「宿をやってる家は、残念ながらないです」

「やっぱりそうか……」

「ここにわざわざ外の人が訪ねてくることは滅多にないですからね。そのような場合は、村長の家か、空き家を使ってもらっています」

「ならば、俺も空き家を借りれるように口を利いてもらえないだろうか。金なら払う」

想像通りの状況だったので、グランツにそう頼む。

一応、護衛もしたのだし、危機からも救った。それくらいのことは頼んでも罰は当たらないのでは、と思ったのだ。対価も十分に払うつもりはある。

そんな俺にグランツは、首を横に振った。

「あぁ、いえ。それでも構わないのですが、ひとつ、ご提案がありまして……」

「というと?」

「我が家を、滞在場所に使ってもらえないかと。そこそこ広い家で、クレイさんひとりくらいなら余裕があります。私は行商人として定期的に家を空けますから、余計に」

それは考えてもみなかった提案だった。

なにせ……。

「いや、ありがたい話だが、グランツの家には当然、娘のリタがいるだろう。自分で言うのもなんだが、これでも若い男だ。さすがに年頃の娘がいる家に泊めてもらうのは申し訳が……」

「大丈夫です」

そう答えたのは、意外なことにグランツではなかった。

「大丈夫って、リタ。意味はわかってるのか?」

俺が思わず尋ねると、リタは言う。

「だって、クレイさんは私たちを助けてくれたじゃないですか」

「いや、それとこれとは……」

別だろう、と言いかけた俺に、リタは少し必死な様子で続けた。

「語弊があるかもしれませんが、もしも、クレイさんが私をどうこうしたいと考えたら、私には抵抗することができません。村のどこにいたって。それくらいクレイさんは強いじゃないですか」

「いや……確かにそれは事実かもしれないが、だからといってさすがにいくらなんでもそんなことはしないぞ」

「でしょう？　だったら一緒の家にいても同じじゃないですか？」

「同じじゃない……と思うんだが……おい、グランツ。あんたの娘はこんなことを言ってるんだが、止めなくていいのか」

リタ本人は聞きそうもないので、父親を頼ってみた。

しかしグランツは、軽く肩を竦めて微笑み、答える。

「リタのことを心配してくださっているのでしょう？　でしたら、本人がいいと言ってるのですから問題ないではありませんか」

「理屈ではそうかもしれないが……」

まずいな、着々と外堀が埋められつつある。

「クレイさんが、そういう方だから、私も安心して提案しているのです。それに、私もリタも、クレイさんがいなければ死んでいましたからね。なにか恩返しをさせてほしくて……」

どうあっても俺に断らせてくれないらしい、とそこで理解する。

それにこれだけ言われて、断るのも気が引けた。

だから俺はため息をついて、言った。

「わかった。ありがたく居候させてもらおう。だが、いつまでになるかははっきりしていないものの、基本的にはここに定住するつもりだからな。並行して自分の家を持てるように行動するぞ」

「それはもちろん。クレイさんのような方がエメル村に定住していただけたら、大変ありがたいです。どうぞよろしくお願いします」

そう言って、グランツとリタは笑ったのだった。


「おはよう」

翌朝、二階から下りてきてそう声をかけると、キッチンで朝食の準備をしていたリタが振り返り、

「おはようございます、クレイさん」

と笑顔を見せた。

屈託のない表情を見れば、心の底から俺を信じていることが伝わってくる。これでは裏切るなんて絶対にできないな、と強く思った。

リビングにあるテーブルにはすでにグランツがついていて、

「あぁ、おはようございます、クレイさん。昨日はよく眠れましたか？」

と尋ねてくる。

「おかげさまでぐっすり眠れたよ。急に泊まることになったのに、客室の設えが完璧で驚いた」

「商人として、この村に知り合いを連れてくることもたまにありますからね。本来はそのための部屋なのです」

若干自慢げに答えるグランツだった。

ただ、俺は少し心配になって尋ねる。

「なるほど……でも、それを俺が埋めてしまって大丈夫なのか？」

これにグランツはすぐに首を横に振った。

「大丈夫ですよ、それこそ滅多にないので。それに、もし今後そうなったとしても、その時は村長宅に泊めてもらえないかお願いしますから、問題ありません」

「それでいいのか？」

首を傾げる俺に、グランツは頷いて言う。

「村長宅の方が大きくて広いですからね。それに行商人をもてなすことは村長も歓迎してくれます」

「なぜ？」

「こんな村に、そういう人間が訪ねてきてくれることは滅多にないから、ですよ。村長も外の話には飢えていますから、客人が来たら積極的に交流を持ちたいと考えているようで。なんとなくおわかりでしょう？」

その話に納得した俺はグランツに言った。

「そういえばそうだったな。あまりにもこの家の居心地がよかったから、忘れていたよ」

「なら、安心しました。ご不便をおかけしてないかと少し心配していましたから」

そう言ったグランツに、俺は少し冗談交じりに続ける。

「俺はその気になれば木の上でも眠れるから、客観的な評価としては当てにならないかもしれないけどな」

「あはは。木の上よりはマシなことは確実なようですので、それでよしとしましょう……さて、そろそろ料理もできたようですね。食事にしますか」

ちらりとキッチンの方を見ると、完成した料理を運んでくるリタの姿が目に入る。

俺はそれを手伝うべく立ち上がり、料理を受け取ってテーブルに並べていった。

「そういえば、クレイさん」

食事に舌鼓を打つ俺に、リタが口を開く。

「なんだ？」

「いえ……クレイさんは今後、この村でどうされるつもりなのかと思って。冒険者になってみてもいいかもしれない、とはおっしゃいましたけど、本当に？」

確かにそんなことも言ったな、と思い出す。

しかし、別にそこまで本気だったわけではない。なんと説明したものか迷って、というか細かい話をするのが少し面倒くさくて適当に言ってしまったところがある。

だが、この家に厄介になるからには、ちゃんと話した方がいいな、と思い直す。

「冒険者は……絶対にならないというつもりもないが、俺は他にやりたいことがあってな。そのためにここに来たんだ」

「やりたいこと……ですか？」

「あぁ」

「それっていったい……」

「笑わないで聞いてくれるか？」

「もちろんです。ねぇ、お父さん」

「命の恩人のやりたいことを笑ったりなんてできないよ……遠慮なく話してください、クレイさん」

ふたりがそう言うので、俺は続ける。

「実は……辺獄開拓をしたいんだ」

「辺獄開拓……ですか？」

リタが首を傾げたので、グランツが少し考えてから口を開いた。

「確か、辺獄開拓した土地は開拓者の土地にできる、と言って王国が奨励していた時代がありましたね。もう百年……二百年前の話になりますが」

驚いた俺は尋ねる。

「知っているのか。王都でもあまり知ってる奴はいないようなんだが」

「一応、商人ですからね。利益になりそうなことはひと通り調べましたよ。辺境に住んでいる以上、その可能性があるなら、と。でもすぐに無理だと諦めましたが……クレイさんはそれを？」

「あぁ、やろうと思ってる」

「ですが……」

心配げな表情のグランツを、安心させるように俺は説明する。

「色々問題があるのは理解してるさ。それでも……ちょっと色々あってさ。人生が暇になったんだ。時間も金も、余裕がある。だから……できてもできなくてもいいから、やりたいことをやってみようって、そう思ったんだ」

「そうでしたか」

グランツが、俺の表情からなにかを察してくれたように頷いた。

それからリタが、

「でも辺獄開拓ってすごく危ないんじゃ！」

と叫ぶように言う。

そんな彼女に、俺は笑いながら言った。

「まぁ確かにそうなんだが、ほら。俺が戦ってるとこ、見ただろ？　そこそこ腕には自信があるんだ」

「確かにすごかったですけど……」

リタはあの時、馬車の幌から覗くように見ていた。だから俺が、少なくともフォレストウルフが何体来ようと問題なく倒せるだけの実力があるとは知っているわけだ。

それでも心配なようで、なんとも言えない表情を浮かべる。

そこで、グランツが、

「よほどいいスキルシードをお持ちなんですよね？　あれだけ強いのですから」

と言ってくる。

「あぁ……いや。そういうわけでもないんだ」

「そうなんですか？　しかし、あれほどの力は……」

「俺が持ってるスキルシードなんて《鑑定》と《模倣》だけさ」

「そんな馬鹿な。どちらも……その」

俺のスキルシードを聞いて、なんとも言えない表情のグランツ。その気持ちはよくわかる。

「まぁ、凡庸だよな。それこそ、持ってる奴が星の数ほどいるスキルシードだ」

「それであの強さというのは……」

グランツがこれほど驚くのには、それなりの理由があった。

スキルシード。それは神が人間に与えた可能性の種。

この世は、人間が生きるにはあまりにも厳しく、原始の人間は魔物や他種族に蹂躙されるばかりだったという。

もちろん、そんな中でも人間は逞しく生きてはいたが、ある日、それもついに限界を迎える。

そしてほとんどの人間が死に絶え、絶滅間近になったその時、神に助けを願ったひとりの人間に啓示が与えられた。

それほどまでに生きようという意志があるのであれば、それを確かな力として与えよう、と。

そしてそれこそが、スキルシードと現代では呼ばれる力だった。

これは、その人間の才能を強化してくれる、ある種の才能のようなものだ。

たとえば、《剣士》のスキルシードを持つ人間は、剣術に長けるようになり、《魔術師》のスキルシードを持つ人間は魔術に才覚を示すようになる。

そういうもの。

ただし、これは勘違いされやすいが決して万能の力ではなく、スキルシードを持っているだけではなんの効果もなさない。それに見合った努力をしなければ、意味がないのだ。

《剣士》のスキルシードを持っていても、生まれてから大人になるまで、ずっとぐうたらしていれば剣術など扱えはしないし、同じく魔術も使えるようにはならない。

あくまでも、その人間の中に眠っている才能を認識させ、伸ばしてくれるだけにすぎない。

しかしそれでも、この力は絶大だった。

スキルシードを手に入れた人類は、敵対する存在に対して急速に反撃を開始した。

その勢いは空前絶後であり、そこから人類の版図は世界中に広がったのだ。

今では人類が存在していない土地の方が珍しく、それほどにスキルシードが人類を強くしたということがはっきりとわかる。

ただ、このスキルシードは、すべての人間に対する福音というわけではなかった。

それは、スキルシードは平等ではなかったからだ。

どういうことかというと……。

《剣士》のスキルシードを持つ者は、剣術に長けるようになる。

しかし、《大剣士》のスキルシードを持つ者は、さらに剣術の上達が早い。

同じだけの努力をすれば、確実に《大剣士》持ちの方が、早く、そしてより強くなってしまうのだ。

だから人はみんな、どうかいいスキルシードに恵まれることを願う。

どんなスキルシードを持っているかは、主に五歳前後の時に教会で行われる《スキルシード判別の儀》にて、判別される。

基本的にスキルシードはその人間の中に初めから眠っている才能であるため、なにをしたところで生涯それが変化することはない。それでも、スキルシードが判別されるまではどんなスキルシードを持っているかわからないため、どうかいいスキルシードを、と願うのだ。

実際、いいスキルシードに恵まれた者の人生は明るい。

戦闘に長けたスキルシードであれば、騎士への道が開けるし、学問や魔術に役立つスキルシードなら、将来は人を指導する立場にと望まれる。

だが、大したことのないスキルシードしか持たなかった場合は？

これは自明で、一生を凡人として生きていくしかないのだ。大した才能がないのだから、他にやりようがない。誰も期待しないし、期待されても結果を出せない。

そういう話になる。

俺も、本来はそういう人生を送るはずだった。

なにせ、俺が持っているスキルシードは《鑑定》と《模倣》のみ。

ふたつ持っていることは珍しいと言えば珍しいのだが、それだけだ。

《鑑定》は物品の鑑定が得意になりやすく、《模倣》は人の真似が上達しやすいという、どちらも名前そのままのスキルシードだ。

そしてこのどちらを持っている者も、さほど大成はしない。

せいぜいが、鑑定士として食いっぱぐれないくらいか。《模倣》を扱うなら中途半端な大道芸人とかもできたかもしれない。それだけでも田舎村出身の俺からしたら大層なものだが、だからといって、何者になれるというものでもなかった。

そのはずだったのだ。

しかし、現実には違った。

村にはユークたちがやってきて、俺を魔王討伐の旅へと誘った。そして、数々の艱難辛苦《かんなんしんく》を乗り越えて、俺たちは魔王討伐を確かに達成したのだ。

人生というのはわからないものだな、と今は思う。

そんなことを考えながら、俺はグランツに言う。

「ま、スキルシードがすべてじゃないのさ」

俺がそれを証明している。

グランツはそんな俺の言葉になるほど、と頷いた。

「確かに、魔術系のスキルシードがなくとも努力すれば魔術は身につけられますし、そういう意味ではスキルシードがすべてではないのは事実ですしね」

これは本当の話だな。

あくまでもスキルシードは、なにかを身につけやすい、上達しやすい、というだけのものだ。

良いスキルシードを持たないからといって、諦めなければならないわけではない。そもそもかなり多くの人間が、自分のスキルシードとは直接関係ない職業についているものだ。

なにをするのも、自分次第、といったところである。

「さて、今日はとりあえず、辺獄見物でもするかな」

朝食を終え、グランツの家から出た俺は、ひとり、そんなことを呟く。

俺がわざわざ辺境まで来た目的は、あくまでも辺獄開拓。

だから、まず辺獄がどういう場所か実際にこの目で見てみないとなにも始まらないのだ。

そんな風に気合いを入れて村の中を歩いていると、

「おい、そこのお前！」

と、唐突に声がかけられる。

振り向いてみると、そこには十代半ばと思しき少年が立っていた。

革鎧を纏い、片手剣を腰に下げていて、まるで冒険者のような出で立ちだが、この村に冒険者はいないはずだ。

思わず俺は尋ねる。

「俺のことか？」

すると少年は言った。

「あぁ、お前だ。グランツさんにどうやって取り入った！」

ここでなるほど、と思う。

急に村にやってきた人間に対する警戒という感じかなと。

ほとんど人が訪ねてこない村だ。村人は百人もおらず、間違いなく全員が顔見知りで、それぞれがどの家に住んでいるかもすっかり知っている関係だろう。

で、グランツの家から見知らぬ男が出てきて、どういう奴だ、と気になったのではないか。

だから俺は言う。

「取り入ったもなにも、この村に来る途中に出会って、意気投合したというか、目的地が同じだから同行しただけだぞ」

「それでどうしてグランツさんの家に泊まるようなことになるんだ？　どうせお前、リタが目的だろう！　早く出ていけ！」

「宿か空き家を探してるって言ったら、家に泊まってくれって向こうから言われたんだよ。言いがかりはよしてくれ」

「いくらグランツさんでも、初対面の人間にそんなこと提案するはずが……」

「……はぁ。もういいだろ。俺は行くぞ。そんなに言うならグランツに直接聞きに行けばいいだろう」

これ以上は付き合っていられないと俺は歩き出す。

後ろからはまだ騒いでいる声が聞こえたが、無視することにした。

ああいう手合いは関わるだけ無駄だ。

頭に血が上っているのか、冷静な判断力がないのか、人の話をなにも聞いていないからな。

なんだか出鼻をくじかれたが、気を取り直して村の東にある辺獄に向かう。

エメル村は辺獄の畔、とは言うが、実際のところエメル村と辺獄はそれなりに離れている。

というのも、エメル村と辺獄の間には鬱蒼と生い茂った普通の森があり、辺獄はそのさらに向こう側にあるからだ。

これは、グランツやリタに聞いた話だが、辺獄もまた深い森だという。

普通の森と、辺獄の森と、その違いはなんなのかが気になった。

ふたりは見ればわかると言っていたが……。

そんなことを考えながら、森を進んでいくが、やはり普通の森、というだけあってほとんど魔物の気配は感じない。いても最弱クラスのものばかりで、これならば村人でもクワやスキで倒すことができるだろうという感じだ。

つまり、ここまでは村人が普通に出入りできる森だと言える。

そして、そんな森をしばらく進むと……。

「なるほど、見ればわかる、か」

とうとう、俺は辺獄の入り口へと辿り着いた。

そこは、確かに森だった。そういう意味では、今まで進んできた森と同じものと言える。

けれど、規模が圧倒的に違っていた。

辺獄の森は、樹木の高さからして異なっていて、まるで壁がそこにあるかのようだった。

意外に木々と木々との距離はあって、見通しはそこまで悪くなさそうに見えるが……いや、巨大な根が這っているのが見えるな。

あまり歩きやすくはなさそうだ。

それに、ここまでは感じられなかった、濃密な魔力が漂ってくるのも感じる。

あまりにも魔力が濃いために、辺獄の森と、普通の森との境に存在する樹木が枯死してしまっているほどだ。

魔力はどんな生き物も持っていて、それは植物の場合も異ならないが、あまりにも濃すぎる魔力を浴び続けるとその器が破壊されてしまうこともある。

辺獄の魔力は、まさに普通の植物にとってはあまりにも濃すぎるのだろう。

人間は大丈夫なのか、という感じだが、魔力の器が小さい人間だとまずいかもしれないな。

入っただけでなにか異常が出る場合もあり得る。

「ま、俺は大丈夫だけどな」

さくり、と辺獄の森に足を踏み入れる。

その瞬間、森の空気が変わったような感じがした。

侵入者に森が気付いたのか……？　いや……。

しばらくそのまま足を止め、観察してみたが、特に魔物がやってくるような気配もない。

ただし、ここから先はもはや散歩気分で進むことはできないだろう。

いつでも剣は抜けるように、油断せずに進もうと気を引きしめる。

「しかし、辺獄にもゴブリンがいるんだな」

森を少し進み、魔物の気配を感じた俺は周囲を警戒しながら身を隠しつつ、そこに近づいた。

すると、そこには五匹ほどのゴブリンがいたのだ。

辺獄は恐ろしい魔物が跋扈する危険地帯、というからゴブリンなんて生存競争に敗れて絶滅しているんじゃないかくらいに思っていたが、そういうわけでもないらしい。

「とりあえず、やってみるか」

ゴブリンはどんな土地でも討伐を推奨される、いわゆる害獣に分類されるような魔物だ。

非常に旺盛な繁殖力と、人間に近い知能を持っているため、好んで人間に襲いかかることでも知られる。人の持ち物を奪うこともあれば、畑を荒らして作物を持ち去ることもある。

見かけたら確実に倒せと言われるゆえんだ。

俺は剣を抜いて、静かに近づく。そして、ひと息で剣を振るおうとした。

しかし……。

「ギャギャッ‼」

と、直前で気付いたゴブリンたちが振り返った。

これは意外だ。

普通のゴブリンが気配を消した俺に気付くことはまず、ない。

それなのに……しかも、こいつら素早い！

俺の存在に気付いたゴブリンたちは、すぐに襲いかかってきたが、いずれも普通のゴブリンの出せる速度ではなかった。それこそすぐにこちらが首を落とされてしまいそうなほどだ。

けれど……。

「それでも、ゴブリンはゴブリンだな」

接近してくるゴブリンの首を、俺はひとつひとつ落としていく。

本当なら背後から一撃でいきたかったが、向こうから首を差し出してくれるのならその方がありがたい。

すべてのゴブリンを倒した後、俺はゴブリンたちを検分しながら考える。

「どれも、ゴブリンの普通種《ノーマル》だな。それであの強さか……やっぱり、ここが辺獄だから？　濃密な魔力が、ゴブリンたちの力を上昇させているのか……？」

それ以外に考えられなかった。

だとすれば……。

それから、俺はゴブリンの亡骸を解体する。

一般的にはゴブリンの普通種から採れる素材など、解体したところで使える部分はその体内に生成された魔石くらいしかない。しかもかなり低品質だ。

それでも小さな魔導具を動かすことくらいはできるし、最低品質の魔石を原動力とする魔導具は、かなりの数が流通しているので需要は割とある。

だからゴブリン討伐は尽きることがなく、あまり強くない冒険者にとって、悪くない稼ぎが得られる重要な依頼だったりする。

ちなみに、魔石以外に採れる素材としては、一応、肉がある。

ゴブリンの肉は食べようと思えば食べられるのだ。ただし、あまり美味しくはない。

そのために好んで食べるようなところは一部の地方くらいしかなく、大抵の冒険者は魔石だけ採ったら、焼却するか土に埋めるかするのが普通だ。

そんなゴブリンなのだが……。

「お、やっぱり魔石が相当巨大化してるな……」

解体して魔石を取り出す。

ゴブリンの魔石は大抵、心臓のすぐ近くにあるため、探し出すのはたやすい。

勇者パーティーで旅をしている頃は、ゴブリンなんて大した金にもならない魔物の魔石を回収するなんて馬鹿らしいと、俺以外のみんなは倒したとしても通り過ぎていたが、俺は村育ちだから、素材を無駄にはできないからといちいち回収していた。

もちろん、ほんの少しの金額にしかならなかったけれど、それでもそれなりの期間、旅をしていれば塵も積もれば山となるというものだ。

かなりの金額になって、俺の懐を温めてくれた。

とはいえ、国王陛下にもらった報酬と比べればそれこそ雀の涙なのだけれども。

俺のこういう貧乏性なところは未だに直らないな。

こうやって辺獄を歩いていても、どこにどんな素材があるのか、いちいち目を皿にして観察している。

グランツたちの話によれば、辺獄手前の森には珍しい薬草が生えていて、それを村では収入源にしているらしいが、そういうものがあるということは、辺獄も植生が豊かであると推測できる。

大抵、貴重と言われる薬草の類は、魔力の濃い土地から種などが飛ばされて成長し、人里近くでも見つかったりするものなので、そうである以上は、近隣の魔力が強い土地でそういった薬草のもともとの生息地が見つかることはザラなのだった。

そうでなくても、辺獄は、あまり調査の進んでいない土地なのだ。

探せば新発見がたくさんあるに決まっていて、そういうものの報告書を王都の学者に送るだけでもそれなりの報酬が期待できる。

まぁ、俺にはそういう学者の知り合いなんて、それこそ賢者テリタスくらいしかいないのだが。直接会うのは難しいだろうが、手紙であれば普通にテリタスも受け取り、読んでくれるだろう。珍しい素材には目のない人だ。

定期的に報告書くらい送ろうかな、と思っている。

「まぁ、今日のところはこんなものにしておくかな」

ある程度の魔物を倒し、植生などを確かめてから、俺はそう独りごちた。

辺獄開拓が俺の当面の目標ではあるが、別に時間制限があるわけでもなんでもない。

だから基本的にはあまり急がず、ゆっくりやっていくつもりだ。

今日も軽く辺獄の見物をして、できれば魔石などの素材を手に入れられたらいいな、というくらいの感覚で来ていた。

結果として、それなりの収穫があったので、今日はこれで十分だ。

《収納》の中には、今日倒した魔物や、辺獄で採れた植物などがいくつも入っている。

村に戻ったら、これを使って色々とやりたいこともあった。


「あ、お帰りなさい。クレイさん」

エメル村に戻り、グランツの家に入ると、リタから声をかけられる。

「あぁ、ただいま」

そう答えると、リタは、

「随分早かったですね。今日は辺獄を見てくるとおっしゃっていたので、もっと時間がかかるものかと思っていたのですが……。あ、もしかして今日はやめておいたんですか？　やっぱり危険ですし、その方がいいですよ！」

そんなことを言う。しかし俺は首を横に振った。

「いや、普通に辺獄までは行ってきたよ」

「えぇ!?　でもまだお昼過ぎで……」

「辺獄ってあれだろ。急に植物の生え方が変わってる場所というか、樹木が巨大な壁みたいになっているところだろ」

「本当に行ってきたんですね。疑ってすみません……」

見てきた光景について話すと、リタも納得したようで謝ってきた。

「いや、別に謝罪するようなことじゃ……あぁ、そうだ。魔物に遭遇したから、魔石も採れたんだ。魔導具使ってるだろ？　必要ならいくつか置いとくよ」

魔導具は魔力によって動く道具の総称で、直接魔力を注がなければならないものと、魔石をエネルギー源にして動くものの二種類がある。

前者は主に魔術師が使用することを念頭に置いたもので、後者はそれ以外の者が使うためのものだ。

魔術師はそんなに多くはいないから、後者の魔導具の方がずっと普及している。

王都では一般家庭にもあるものなので、当然ここにもあると思っての発言だった。

しかしリタは、首を横に振って答える。

「いえ、うちに魔導具なんて、《灯火》の魔導具くらいしかないですよ。それに、これはそれこそ屑魔石で動くものなので、村に迷い込むスモールラットの魔石で十分足りてます」

「そうなのか？　魔導コンロくらいあるかと思ってたが……」

「あんなものうちじゃ買えませんよ。それに、そもそもこの辺じゃ全然流通してませんからね。《灯火》の魔導具だって、お父さんが領都でやっと手に入れたくらいですし……」

「そんなに魔導具の流通って少ないのか？」

これは意外な話だった。

王都では見る限り、普通に流通していたように思うが……いや、価格を見たが、確かにかなり高価だったか？

一般家庭にあるといっても、かなり奮発しないと購入できないようなものか。

だとすると、辺境の村までは流通しないのも納得できる。

場合によっては領都でもそれほど多くは流通していないのかもしれない。

そもそも、俺がもともと住んでいた山奥の村では、ひとつたりとも見かけたことすらなかったくらいだしな。それを考えれば《灯火》の魔導具があるだけマシか……。

そんなことを考える俺に、リタは言う。

「さすがにもうちょっと大きな町に行けばそこそこあるとは思うんですけどね。ここはやっぱり、辺境ですから。魔導具なんて中々手に入りません。あると便利だなぁと思ったりはするんですけどね」

「そうか……ちなみに、どんなものが欲しい？」

「え？　そうですね……さっき言ってた《魔導コンロ》はあったら嬉しいですね。あと、お父さんから聞いたんですけど、食材を長期間保存できる《保存庫》っていうのもあるんですよね？　すごく高いって聞きましたけど」

「なるほど……そうか。わかった」

俺は頷いて、立ち上がる。

「え？　わかったって、クレイさん？」

リタが首を傾げているが、こういうのは後で驚かせた方が楽しいしな。

「いや、気にしないでくれ。それより、俺は少し部屋にこもるから。色々とやらなきゃならないことができた」

「そうですか？　わかりました。夕食の時間にはお呼びしてもいいですか？」

「それまでには終わってると思うから、うん、よろしく頼む」

そう言って、俺はそのまま自室——というか客室に向かったのだった。


「さて、と……やるか」

机について、俺はそう呟いた。

そして時空魔術の《収納》を起動し、そこから必要な物を取り出して、机に置く。

まずは魔導ペンなどの工具類に……それから素材と魔石だ。

これらを使って、俺は魔導具を作るつもりだった。

魔導具作りは魔導具師の仕事であり、普通の人間はそうそう容易にできることではないと言われる。俺も、故郷の村を出た時は、一切そんなことはできなかった。

しかし、今の俺にはできるのだ。

その理由は簡単で、賢者テリタスにその技術の一切を教えてもらったからだ。

テリタスの本業は魔術師であるが、魔導具師としての顔も持っており、自らが扱う魔導具の類は自分の手で作り出していた。

曰く、結局自分の使うものは自分で作った方が手に馴染むから、と。

言わんとすることはわかるものの、普通の魔術師はそういうことをしない。

なにせ、魔導具製作というのは奥が深く、本来ならそれを極めるのに一生をかけるような仕事だからだ。魔術師の修行と並行して身につけようとしても、両方とも中途半端に終わってしまうこともあり得る。

もちろん、魔導具製作には魔力を使うから、ある程度までは魔術師としての能力も身につけなければならないのだが、必要なレベルまで達したら、比重を魔導具製作の修行の方に傾けていくものだ。

しかしテリタスは、魔術師としても魔導具師としてもその腕は一流を超えた超一流で知られている。

俺はそんな人に学んだわけで……もちろん、テリタスほどとは言えないものの、それなりの腕ではあると自負していた。

「ええと、まずは魔法陣を刻み込むところからだな」

《魔導コンロ》作りの方を先に始めることにした俺は、魔導ペンを持って、燃えにくい素材で知られているトレントの木材に魔法陣を刻みはじめる。

魔導具作りは奥深い仕事だけれども、その基本は、魔法陣を刻むことにある。

どのような魔法陣を刻むか、どの程度の正確さで描けるかによって効果が異なってくるので、ここでミスをすると大変なことになる。

テリタスにも死ぬほど練習させられたのを思い出す。

しかし、俺にはスキルシードである《模倣》があった。

これは他人の動きなどを模倣しやすくなる、という効果があるわけで、テリタスの手仕事をひたすら観察し、真似していくことでどんどん上達していったのを覚えている。

思えば、それによってテリタスが俺の持つスキルシードの意味に気付いたんだよな……。

昔のことを思い出す。

＊＊＊＊＊

「クレイ。お主……それを自分で描いたのか？」

故郷の村を出てしばらく、勇者パーティーに加えてもらってなんの役にも立っていなかった俺は、教養もなかったのでせめて学ぶことくらいは、と賢者テリタスから様々なことを教わっていた。

その中で、効率的に魔力の扱いや魔法陣の意味などを学ぶことができるからと言われ、魔導具作りを教えてもらっていたのだ。

テリタス手製の魔導ペンを使えば、魔力の放出などまったくできない俺でも、自然に魔力を使って魔法陣を描ける。文字も書けない俺でも、魔法陣は絵みたいなところがあって、真似しやすいというのもあった。

まぁ、魔法陣より文字の方が後になってみると簡単だったな、と気付いたのだが、この時の俺にとっては、魔法陣の方が書きやすかったのだよな。

ともあれ、そんな風に魔導具作りを教わっている中で、テリタスからひたすら魔法陣を描き写すように求められた。

何度かテリタスが描いているところを見せてもらって、あとは、テリタスが描いたものを真似して描き写すだけだ。これには何度文字などを書いても、まっさらな状態にできる特別な板を手渡され、それを使った。

もちろん、これもテリタスが作り出した魔導具だった。

そして、そんな練習をひたすら繰り返し、テリタスが求めるだけの回数を行った後に、彼に修練の成果を見せたら、『自分で描いたのか？』と言われたのだ。

「え？　えぇ、そうですけど……なにかおかしかったでしょうか、賢者様」

そういえばこの頃は、まだ全員に対して敬語だったな。

それも当然の話で、俺は平民だが他の三人の身分は高かったからだ。

ひとりは王子殿下で、もうひとりは聖女様で、そして最後のひとりは賢者様である。

高位貴族で敬語を使わざるを得ないような人々で、そんな三人に対して俺みたいな平民がため口など利けるはずもなかった。

しかしテリタスは、呆れたように言った。

「敬語など使わなくてもいいと何度も言っておろうに……まぁ、すぐには慣れないじゃろうし、仕方がないか。それよりも魔法陣じゃ……随分と、出来がいいな？　これならば魔紙に描いても普通に効果が発動するじゃろうて」

俺はそれに驚いて思わず尋ねる。

「え、本当ですか？」

テリタスは深く頷いた。

「本当じゃ。しかし、ここまで魔法陣を描けるようになるには、もっと時間がかかると思っておったが……学院の生徒でも、一年は学ばねば無理じゃぞ」

　これは当時の俺にとって意外な話で、それでも正直に答える。

「そうなんですか？　賢者様の真似をしていたら、段々と描けるようになっていったんですけど」

　テリタスはどこか怪訝そうな表情で言う。

「真似、のう……そういえば、お主のスキルシードは《模倣》じゃったな」

「はい。あとは《鑑定》も」

「それの効果なのかもしれん。しかしどちらも大した効果はないスキルシードだと言われておるが……いや、組み合わせの妙か？」

「組み合わせ？」

「うむ。複数のスキルシードを持つ者は意外と少ないからのう。事例が少ないから研究も進んでおらん。ただ、複数持っているからといって、なにか特別な相乗効果が発生するとは考えられてこなかったが……もしかすると、組み合わせによっては高い効果を発揮することがあるのではないか、と思ったのじゃ」

　テリタスの話を聞きながら、なるほどと思うと同時に、そんなわけがないとも思ってしまった。

「でも《鑑定》と《模倣》ですよ。組み合わせたところでなにか特別な意味があるとは……？」

しかしテリタスは言うのだ。

「いや、言ってみれば、見て事物を解析し、そして忠実に再現できる、ということではないか？　だとすると、可能性は無限なのやもしれぬ……うむ、これはおもしろいぞ。じゃからお主が予言で選ばれたのかも。これを検証していこうではないか」

「は、はい……」

そして、そこから俺はテリタスたちに色々なことをやらされた。

彼らの持っているスキルを教え込まれ、それを《模倣》するようにと言われて。

最初のうちは、基本的なスキルを教え込まれた。

しかし俺がそれらをするすると身につけていくと、要求は徐々に厳しくなっていったというか、どう考えても平凡なスキルシードしか持たない俺には身につけられないようなスキルまで教えはじめたのだ。

こんなのできるはずがない、と俺は何度も言ったのだが、まずはやってみてほしいと言われて……。

でも、不思議なことに、俺はそれらの要求すべてに応え切れた。

できるはずのないことが、普通にできてしまったのだ。

そして、旅の間中ずっと、彼らは俺に、彼らの持つすべてを教え込んでくれた。

その結果が、魔王討伐に繋がったのだ。

＊＊＊＊＊

「よし、いい感じにできたかな」

古い記憶を思い出しつつ、魔法陣の書き込みが終わる。

思い返せば、テリタスに最初に教えられたのは、まさにこの《魔導コンロ》の魔法陣だった。

簡単だから、というわけではなく、これだけでも描ければ、たとえ魔王討伐の旅が終わったとしても、食べていくことができるからだ、と言っていた。

なんだか村から無理やり連れ出すような羽目になったことを、テリタスは申し訳なく思っていたらしい。しかし村であまりいい扱いをされていなかった俺に、旅が終わって村に戻っても居場所があるはずもない、ということを初めからわかっていたのだ。

だから、俺になんらかの技術、生きていくための術を身につけさせてやろうという意図があったのだと、後になって言っていた。

《魔導コンロ》はかなり普及している魔導具で、かつ需要の尽きないものだからな。

これだけでも描ければ、魔導具工房などで十分に雇ってもらえるほどだ。

まぁ、今となってはテリタスがそんな心配などする必要はなかったわけだが。

ありがたい話だな。

魔法陣を描いたら、後は素材を組み上げていくだけだ。

この作業もそこそこ面倒ではあるのだが、《魔導コンロ》を発明したのはテリタスだ。

素材からなにから、すべてを教え込んでくれたので、俺はこの作業も問題なく行える。炎を調節する機能や、魔導具の素材が燃え上がらないように強化する方法などは当然のこと、長時間火をつけたまま放置すると自動的に消える機能なども追加できる。

まぁ、そこまではいらないかもしれないが、念のためだ。

完成させると、次は《保存庫》の方の製作に移る。

こちらは《魔導コンロ》よりもさらに複雑だが、テリタスからみっちり仕込まれている俺にとってはさほど難しい作業ではない。

こつこつと組み上げていき、夕食の時間の前には完成させられたのだった。


「クレイさん、夕食ができましたよ」

リタのそんな声と共に、コンコン、と客室の扉が叩かれた。

「あぁ、わかった。今行くよ」

そう言って俺は部屋を出て、一階へと下りていく。

すると昼過ぎにはいなかったグランツがすでに帰宅していて、テーブルについていた。

「あぁ、グランツ。帰ってきてたのか」

「ええ、クレイさんも。辺獄に行ってきたと聞きましたよ」

誰からかと言えば、当然リタからだろうな。他の誰にも言っていないわけだし。

そう思った俺は今日の出来事を報告する。

「あぁ、行ってきた。魔物も何匹か倒してきたよ」

「辺獄の魔物を、ですか？　まさか……あそこの魔物は化け物揃いなのですが」

「そうなのか？　まぁゴブリンとかだから、大したことはなかったけどな」

普通のゴブリンよりは強かったのは確かだが、化け物と言うほどではないような気がする。

「辺獄のゴブリンを!?　その手前の森のではなくて、ですか!?」

「あぁ、確かに辺獄のだったが……おかしいのか？」

「極めつきにおかしいですよ……。数年に一度ほどの頻度で、あの森からはぐれゴブリンが現れることがあるのですが、そういう時は、森への立ち入りを禁じられるほどです」

「それは村にとって困るんじゃないのか？」

この場合の森とは、辺獄の手前にある、村人が薬草などを普段採取しているという森の方だろう。そこで採れるものを特産品として売って村の経営が成り立っているわけだから、当然困るはずだ。

しかしグランツは言う。

「それはそうなのですが……命あっての物種ですからね。どうしようもありません」

「だが、放置していたっていついなくなるかわからないわけだし、倒す以外に方法は……」

「いえ、不思議なのですけど、辺獄から出てきた魔物は、しばらくすると死んでしまうんです」

「死ぬ?」

「ええ。短くて一週間、長くてひと月ほどもすると、なにもしなくても死にます。ですから、私たちはただ待っていればいいのです」

「なるほど……」

聞きながら、あぁ、そうか、と思った。

辺獄は、魔力の少ない人間では滞在すること自体が厳しいほどに、濃密な魔力が漂っている空間だった。あそこで生きている魔物は、その状態に完全に適応しているのだろう。

だからこそ、あの場所以外で生きるのは逆に厳しいのではないだろうか。

辺獄のゴブリンは普通のゴブリンより遥かに強かった。

あの強さは、濃密な魔力に適応し、それを常に吸収しているからこそ実現できているのであって、その魔力が希薄になったら、生きていくことすら厳しくなってしまう。

そういうものなのではないだろうか。

「ま、そういうはぐれゴブリンも、別に災厄ばかりを運んでくるというわけでもないですしね」

グランツが続ける。

「そうなのか?」

「ええ。魔石ですよ。辺獄のはぐれゴブリンはかなり高く売れる魔石を持っています。それこそ、一週間森に入れない間の損失を補填できるくらいの価値のあるものを」

「ははぁ……なるほどな。確かにあの森のゴブリンの魔石は相当デカかった。確かにあれなら、金貨数枚ほどの価値にはなりそうだな」

「そうなんです。というか、それがわかるということは、やはり本当にあの森のゴブリンを倒したのですね」

「あぁ。ほら、証拠だ」

俺はそう言って、収納から魔石を取り出し、食卓にごとりと置いた。

ちゃんと綺麗に洗浄してあるから、清潔である。

グランツは目を見開いて、

「あの魔石が、こんなに……」

そんな風に呟く。

「間違いないだろう？」

「ええ、辺獄のゴブリンのそれで間違いありません」

「じゃあ、受け取ってくれ」

「え？」

「いや、俺はこの家に厄介になってるが、なにも返せてないからな。しばらくの滞在費代わりに、受け取ってもらえないかと思って」

自分の分はしっかり確保してある。その上での申し出だった。

しかしグランツは、首を横に振った。

「そんな、受け取れません。この家に滞在していただいているのも、私たちを助けてくださった恩を返すためだというのに」

「でも、いつまでの滞在になるかわからないからな。食費だってかかるだろう。それに、これくらいのものは俺にとって大したものじゃない。いくらでも採ってこられる。加えて、今の俺にはこれを金銭に換えられる伝手がないからな」

そう答える俺に、グランツは思いついたように言う。

「それでしたら、領都で冒険者登録などされれば……」

確かに悪くはないが、それでも俺は言った。

「ちょっと遠いだろ?」

「いえ、一日で着きますよ」

「しばらくはここで過ごすつもりなんだから、やっぱり遠いさ」

本当に遠いと思っているわけではない。

そう言った方が、受け取ってもらえると思ってのことだった。

グランツも、それがわかったらしく、最後にはため息をついて言った。

「仕方ありません。では、お預かりします。領都に行く予定もありますし、その時に換金してきましょう。そのお金は、あくまでも食費として使いますからね」

「もちろん、それで構わないとも。あ、そういえば……」

まだ言わなければならないことがあったのを思い出す。

「なんですか？」

「いや、昼過ぎにリタと少し話したんだが、この村にはあまり魔導具がないんだってな」

「あぁ、確かにそうですね。やはり高価ですし、魔導具師はこの辺りだと、領都くらいにしかいませんから」

「それでなんだが……魔導具、作ったから受け取ってほしい」

「は？」

グランツとリタの目がまん丸になった。


「お父さん、本当に魔導具だよ」

目の前に現れた魔道具を見たリタが唖然とした表情でそう呟く。

「あぁ、本当だな……」

グランツも娘と似たような表情で呆然としていた。

そんなふたりを尻目に、俺は《魔導コンロ》と《保存庫》をキッチンに設置する。

「これで使えるはずだが……あぁ、エネルギー源の魔石については、ここに辺獄のゴブリンの魔石をセットしておいた。これだけで一年以上は持つと思うが、なくなった場合、屑魔石でも使えるからその辺の心配はしないでくれ」

「えっ、そんなことが……!?」

　俺の言葉に、グランツが驚く。

　この意味をリタはわかっていないようで、

「お父さん、なにをそんなに驚いているの？」

　と首を傾げる。これにグランツが答えた。

「リタ。一般的に流通している魔導具は、基本的に同じ等級の魔石だけしかセットできないんだよ」

「どういうこと？」

「たとえば、我が家唯一の魔導具である《灯火》の魔導具は、屑魔石をセットするだろう。そして屑魔石以外では、発動しないんだ」

「あぁ、言われてみると確かに。でも大きさ的にセットできないだけじゃ。スペースがないから」

《灯火》の魔導具は、小さな魔導具だ。そのため、魔石をセットするスペースもそれに比例して小さい。それこそ屑魔石くらいしか入らないほどだ。

リタは、そのスペースが大きいなら問題ないんじゃないか、と言いたいわけだ。

しかしこれについてもグランツは説明する。

「いや、そうじゃないんだ。魔石は一等級から十等級まで、そしてそれらに分類できない屑魔石と特級魔石があるけどね。たとえば九等級の魔石を使う魔導具は、九等級の魔石しかセットできないのが普通だ。八等級でも十等級でも動かないんだよ」

「どうして？」

「それは……クレイさん」

さすがにここから先は魔導具製作の専門的な話になってくるので、グランツは説明を俺に譲った。俺は頷いて答える。

「あぁ。それは魔圧の問題だな」

「魔圧？」

リタが再び首を傾げる。

「一般的に魔石はその秘める魔力の大きさによって、魔導具にした時に魔法陣にかかる魔力の圧力が異なるんだ。だから、決まった等級の魔石以外を使うと、魔法陣が発動しなくなってしまう」

「でも……この《魔導コンロ》は、辺獄のゴブリンの魔石でも、屑魔石でも動くって。辺獄のゴブリンの魔石の等級って……？」

「概ね六等級くらいかな。普通のゴブリンの魔石は十等級だから、かなりのものだよ」

「じゃあ、おかしいじゃないですか。それなら屑魔石じゃ動かないはずなのに」

そう言うリタに俺は説明する。

「基本的にはそうなんだが、俺の魔導具にはその魔圧を調整する機能も組み込んであるからな。何等級の魔石だろうと、問題なく動くのさ」

これはテリタスの発明だ。正確に言うと、共同での発明かな。

昔、俺がテリタスに、魔導具が全部屑魔石で動けば助かるのにな、という話をしたのだ。テリタスは最初は特にそんな必要はないだろう、という態度だったが、屑魔石で動けば多くの人間が助かる、庶民でも魔導具を持てるようになるから、という話をすると納得して、この機能の研究を始めたのだ。

その頃にはテリタスから魔導具作りの大半を教え込まれていた俺も、その研究に参加して……それで、結果としてできたのがこの機能だった。

まぁ、万能に見えて限界もあるのだが。それこそ一等級の魔石を使うような魔導具にこの機能を組み込んでも使い物にならないとかな。

正確に言うと、発動させることはできなくはないのだが、馬鹿みたいに大量の屑魔石が必要になってしまうのだ。

それだったら普通に一等級を使うか、二等級を複数用意するか、の方がいい。

逆は簡単なんだけどな。ここにある《魔導コンロ》に一等級の魔石を組み込めば、ほとんど半永久的に使える。

そんなに魔石の無駄遣いをする人間がいるとは思えないが。

俺の説明に、リタとグランツが、

「それって、大発明なんじゃゃ……」

「他に作れる人はいるのですか？」

と言ってきたので、俺は言う。

「これが普及すれば、魔導具の価格は今よりかなり抑えられるんじゃないかな。それくらいの素晴らしい発明だよ。他に作れる人は、今のところ、俺以外にはひとりだけだ」

もちろん、テリタスのことだが、名前は出さない。

賢者様と知り合いだなんて話をしたら、驚かれてしまうからな。

俺の言葉にグランツは考え込み、

「こんなものを、私たちがいただいてよかったのですか？　もしもここから機密が漏れれば大変なことになるのでは」

そう言ってくる。

「いや、大丈夫だろう？　ふたりともそんなことはしないさ」

「信じてもらえるのは嬉しいのですが……」

「仮にそうなったとしても問題はない。無理に分解して中身を解析しようとした場合、壊れるように作ってあるから。たとえ見も知らぬ誰かに盗まれたとしても、気にしなくていいよ」

「そんな機能まで……!?」

これについても、テリタスと一緒に作ったものだな。

考えてみると、彼と作ったものは数多い。

いずれも世の中のためにと思ったものばかりで、そのうちテリタスが広めてくれると思うが、その時まで機密についてはしっかり守る必要があるだろう。

変に漏れて、どこかが独占して作りはじめたら問題だからな。

「はぁ、クレイさんには驚かされっぱなしですが……今回のこれについては、その最たるものですね」

グランツがそう言う。

「そうか？」

「そうですよ……こんなもの、王侯貴族が望んでも手に入らない品ということではないですか」

「どうにかすれば手に入れることもできるとは思うけどな」

それこそテリタスに頼めば問題なく手に入る。

続けてリタが、

「壊したらと思うと、使いにくいんですけど……」

と言うが、俺は首を横に振って答える。

「その時は俺が直すから大丈夫さ。気兼ねなく使ってくれ」

「気兼ねしますけど……仕方ありませんね。私が欲しいと言ったのですし、ありがたく活用させてもらいます。で、使い方なのですけど……」

使う、と決めてからのリタの切り替えは早かった。

詳しい使い方の説明を聞いて、すぐにマスターしてしまった。

グランツの方はしばらくの間、ドキドキしていたようだが、最後には諦めたのか、気にしないことにしたようだった。

第三章　少年、目撃する

「今日こそはあいつの化けの皮を剥いでやる」

エメル村にて、ひとりそう呟いたのは、つい先日クレイに対して突っかかった少年、キエザだった。

キエザは元冒険者である父を持つ十五歳の少年で、いずれは村を出て冒険者になる夢を持っている。そのために毎日父に手ほどきを受けながら修行を積み重ねてきたわけだが、そんな日々の中、村でも一番の器量よしであるリタにほのかな思いを寄せていた。

といっても、そこまではっきりとした感情ではなく、なんとなくいいな、と思っている程度のものである。

自分でも意識しているわけではないがいきなり村に現れてリタによくしてもらっているらしいクレイに対して、敵愾《てきがい》心のような感情を抱いてしまった。

妙な男であれば、リタのそばに居続けさせるわけにはいかない。

そんな気持ちが強く働き、先日はクレイに突っかかってしまったわけだ。

そして今日もその気持ちのままに、グランツの家を出ていくようにクレイを説得しようとしていた。別に、村から出ていけと言いたいわけではない。

なにか目的があるようだし、それ自体は好きにやればいいと思う。

ただ、リタの近くにいることだけは……。

そう思って、クレイに話しかけるべく、彼を村の入り口で待ち構えていた。

しかし……。

「今日も君か」

と呆れたような表情で見つめられ、キエザは、

「な、なんだよ……」

と少し腰が引けてしまった。

そんなキエザに、クレイは言う。

「先日も言ったが、俺は別にリタをどうこうしようとか思っていない。グランツさんに確認したのか？」

これにキエザは、眉を寄せて答えた。

「グランツさんは……あんたが、リタとグランツさんの命の恩人だって。だから恩返しのために、泊まる場所を提供しているだけだって……」

グランツの言葉に嘘がないことはわかっていたし、リタもそれに同意していた。

だから、真実はわかっていた。

けれど……。

「なんだ、すでに確認済みだったのか。じゃあもうわかっただろう？　これ以上突っかかるのはやめてくれ。別に俺は君と喧嘩したいわけじゃないんだ」

そう言われると、どこか腹が立ってきて……。

「俺なんかじゃ、相手にならないっていうのか」

「いや、そういうわけじゃ……とにかく、俺はもう行く。それじゃあな」

クレイはそう言って行ってしまった。

まだ、言いたいことをすべて言えたわけじゃないというのに。

だからキエザは、選択を誤ってしまう。

「追いかけないと」

そう呟いて、キエザはクレイが進んでいった方向に走る。

そこに恐ろしい危険が待っていると気付かないまま。

＊＊＊＊

「なんで俺にあそこまで突っかかってくるんだろうなぁ」

辺獄に向かって進みながら、俺はひとりそう呟く。

誰の話かと言えば、決まっている。

先ほどの少年——グランツとリタに心当たりがないか名前を尋ねるとキエザ、というのだと知った——のことだ。

まぁ、だいたい理由は想像がついているが。あの感じでわからない方がおかしい。

つまり、キエザ少年はリタに思いを寄せているのだろう、ということだ。気持ちは理解できないでもない。

憧れていたお姉さんのところに、急にどこかから怪しげな男が近づいてきた。

危ない、とそういう感覚なのだろう。

先日は村に来た変な男を警戒してのものかと思っていたが、リタ個人に対しての警戒だったわけだな。

グランツとリタに色々聞いていくうち、ああそういうことなのか、と気付いた。

グランツの方はキエザ少年のそういう思いに気付いているようだが、リタはな……。

鈍感というわけでもないだろうが、キエザ少年がリタにそういうところを見せまいとしているのだろう。

涙ぐましい努力というかなんというか。

ま、いずれにしろ、誤解はしっかりと解きたいのだが、今の彼は聞く耳を持っていない。

時間をかけてわかってもらうしかないだろう。

それか、自分の家を持つという選択肢を早めるかだな。

幸い、辺獄の木々を伐採してくれれば木材に困ることはないだろうし。

あとは建てる場所か……村長に挨拶でもして、お願いしないとならないようだ。

まだ挨拶できていないのだよな。

そんなことを考えながら、今日も俺は辺獄探索を開始した。


「ふう、今日も大量だな」

日が落ちてきて、俺は帰る準備を始める。

今日は先日よりも少し深いところまで足を踏み入れた。

しかも、浅い層にある樹木は伐採して、収納に入れてある。

辺獄開拓の第一歩だな。

樹木を伐採した場合、樹木が生えていた辺りの魔力がどうなるのかにも興味があった。

もしも魔力が薄れるようならば、普通の人間が出入りできる空間を広げていけるわけで、それはまさに辺獄開拓ということになるから。

そうならなければ、魔力を希薄化させるための別の手段を考えなければならないし。

そんなことを考えながら、村に戻ると……。

「……ん？　なんかどこか慌ただしいな」

エメル村の中を、村人たちが走り回っていた。

こんなことは初めてなので、近くの村人を止めて、事情を聞いてみることにする。

「なぁ、なにかあったのか？」

「あぁ!? あ、あんたはグランツさんのところの……」

「あぁ、クレイという」

「クレイさんか……いや、今はそれどころじゃねぇ」

「だからなにがあったんだ」

「あんたに言っても……いや、人手はあるだけあった方がいいか。実はよ……」

そんな風に男が話しはじめたのは、なんとキエザ少年が行方不明になっている、という話だった。

普段ならこれくらいの時間になればキエザ少年は家に帰るという。

もしそうでなくても、誰かの家で夕食を食べてくるとか、用事はちゃんと告げるらしいのだが、今日に限ってはそのようなことはなく、まったく姿が見えないらしい。

これは異常事態だという。

エメル村には、日が落ちた後は村の外には出ないという掟がある。

これは破った場合罰がある、とかではなく、単純に危険だからだ。

小さな頃から、日が落ちたら絶対に村に戻り、その所在を明らかにするようにと口を酸っぱくして教えられるのだという。

この点については、全村人が決して破ることはなく、そのため、日が落ちてから村人の所在がわからない場合はこうして総出でどこにいるのか捜すらしい。

けれど、それでもまだキエザ少年は見つかっていないという。

「ったく。あいつはどこに行ったんだか……。どこか見つかりにくい場所で寝こけてるとかならいいんだが……あんたも、あいつを見つけたら教えてくれよ、じゃ」

俺に事情を教えてくれた男はそう言って、去っていった。

話を聞いて、俺が思ったのは、もしかしてキエザ少年は俺を追いかけたのではないだろうか、ということだった。

これだけの村人が村中を捜して見つけられないというのは、どう考えても異常事態であり、村の中にいて見つからないのはあり得ないと思った。

俺は探知魔術で彼を捜してみることにする。

キエザ少年の魔力の気配はすでに覚えているから使ってみるが、村の中から彼の気配は感じられなかった。

ということはやはり、あの後俺を追いかけたのだろう、と考えるのが合理的だ。

最後に見た彼は、まだなにか言い足りなそうな表情をしていたし……。

「捜しに行くか」

そんな義務は、もしかしたらないのかもしれない。だが、キエザ少年が俺のせいで命を落としたりしたら、リタやグランツになんと言っていいものかわからない。

絡んできたのはキエザ少年だし、俺の後ろに勝手についてきたことも彼の責任だとは思う。

だが、俺がここに来なければこんなことにはならなかったはずなのだ。

だから……。

俺は来た道を戻り、森の中に急いだ。

ただし、こんな広い森の中を普通に捜したところで見つかるわけがない。

だから俺は探知魔術を全開にして使う。

探知魔術は、周囲に存在するものの気配を、魔力を飛ばすことで察知するものだ。

人によってその範囲や精度はまちまちで、下手な魔術師だとせいぜい数メートル程度だ。熟練すれば半径百メートルほどを探知することが可能であり、さらに賢者ともなれば優に数十キロ先まで探知が可能である。

俺はどうかといえば、さすがにテリタスよりは落ちるものの、半径十キロ程度までならば十分に可能だった。

これを使いながら森の中を走り回れば……。

「よし、いたな」

すぐに見つけることができた。

若干離れた位置にいるが、ここから走れば十分もせずに辿り着ける。

問題は……。

「まったく動く気配がないな。生きてはいるようだが……動けない状況みたいだ」

どうやらその場で静止しているようなのだ。

しかも、キエザ少年の近くに、大きな魔物の反応がある。

あれに阻まれて、彼は動けないのだろうと思われた。

ただ、それだけならまだ大丈夫だ。

俺が辿り着くまで、どうかその場から動かないように願うが、こういう時の願いというのは大抵、かなわないことを、俺はよく知っていた。

＊＊＊＊＊

まずいまずいまずい。

キエザは、森の奥深くの洞窟の中で身を縮めながら、ひたすらにそう思った。

あの後、クレイを追いかけたところまではよかったが、その姿はすぐに見えなくなり、そこからは当てもなく森の中を彷徨《さまよ》う羽目になった。

普段、薬草採取のために森の浅いところを歩き回ることはよくあったものの、深いところまで行くことはほとんどなかった。

あまり深くまで進むと、辺獄に近づいてしまう。

あそこは近づくだけで調子が悪くなることもある危険地帯だから、できる限り近寄らないように父からも言われていた。

普段であれば、その言いつけをなにがなんでも守っていたのだが、今回だけは、頭に血が上ってしまって、それができなかった。結果として、帰り道がわからなくなり、森の中を迷って……少し休もうと、目に入った洞窟の中に入った。

そこまではよかったのだが……問題は、その洞窟の前を、巨大な魔物がうろつきはじめたことだろう。辺獄には入っていないのだから、魔物などほとんど出るはずがないのに。

しかし、魔物は確かにそこにいるのだ。

そして、あの魔物が何者なのかも、だいたい予想がついてしまった。

この森に自然に生息している魔物は、せいぜいが低級のゴブリン程度だが、洞窟の前に陣取っている魔物はそんなものではなかった。

巨大なレッドグリズリーである。

しかも、普通のそれよりも、ふた回り、いや三回りほど大きな体躯をしており、洞窟の中からも察知できるような圧力が感じられた。

強力な魔力を持っていれば、たとえ魔術師の素養がなく研鑽を積まなくとも感じ取れると言われるが、まさにそのような存在なのだと思わずにはいられなかった。

そして、そんなものがこの辺りをうろつくとしたら、それは辺獄から出てきたはぐれの魔物しかあり得ない。

あれは、辺獄の魔物なのだ……。

戦って勝つなど、まずできない。しかし、あれをどうにかしないと、村に戻れない。

辺獄の魔物が辺獄から出てきた場合、しばらくしたら自然に死ぬというが、最低でも何日もかかる。

この洞窟の中でその間過ごしても、水も食料もないから餓死してしまうだろう。

それを考えると……やはり、賭けに出るしかないのではないか。

キエザはそんな気分になりつつあった。

「今なら、行けるかも……」

しばらく観察していると、レッドグリズリーはその場に寝転がり、眠りはじめた。

倒すのは無理だが、その横を走り抜けるくらいはなんとかなるのではないだろうか……。

そう思って、覚悟を決めたキエザは立ち上がり、そしてそろそろと進み出す。

深い寝息を吐き出すレッドグリズリーの横を、できるだけ足音を殺し、素早くすり抜けていく……そして、十分に距離が稼げた、と思ったところで、走り出した。

けれど――。

安心して油断したからか、キエザはカツン、と途中で石を蹴飛ばしてしまう。

静かな森の中ではそこそこに響く音で、それに気付いたレッドグリズリーは、

「グルガァァァァ‼」

と、耳をつんざくような吠え声をあげて起き上がった。

そして音の主たるキエザの姿を視界に捉えると、追いかけてくる。

「や、やばい……クソ！」

キエザは慌てて速度を上げるものの、レッドグリズリーの足に敵うはずもない。

すぐに追いつかれて、レッドグリズリーの前足が思い切り振り上げられるのを見た。

＊＊＊＊＊

「……っ⁉」

探知魔術によりキエザ少年の位置を見ていたが、急に動き出した。

そして、大きな魔物も同様に動き出す。しかもキエザ少年に向かってである。

大きな魔物はキエザ少年に接触し……キエザ少年を吹き飛ばした。

まずい！

そこまで見たところで、俺はやっと彼らのもとへと辿り着いた。見れば、吹き飛ばされたキエザ少年に、魔物がさらに追いすがってもう一撃加えようとしているところだった。

あれは、レッドグリズリーか。

それにしては巨大な魔力だと感じたが、やはり辺獄の魔物なのだろう。

と、まぁそれよりもまずは……。

俺はレッドグリズリーとキエザ少年の間に入り込む。

そして振り下ろされたその前足を剣の柄で弾き飛ばした。

「……ッ!?」

目を見開く、レッドグリズリー。

こんな出会いでなければ、戦いを楽しんだかもしれないが……。

「今はそんな暇はないんだ」

剣を引いて、レッドグリズリーの首を狙って横薙ぎにする。それだけで、レッドグリズリーの首はおもしろいくらい簡単に飛んだ。

そのままぐらりと傾いで倒れていくレッドグリズリー。

俺はその姿を最後まで見ることなく、キエザ少年のもとへと駆け寄る。

「大丈夫か!?」

見ると、レッドグリズリーにやられたのであろう、大きな傷がその身体にはあった。

大量の出血が見られる。

このままなにもしなければ間違いなく死ぬが、まだ意識はあるようだった。

「あ、あんたは……クレイ……さんか」

「あぁ、助けに来た。眠るなよ。助かるからな」

「は、はは……この傷で、助かるわけ、ねぇだろ……馬鹿だよな、俺。あんたに……嫉妬して……」

「しゃべるな。後で話は聞いてやる。それより、これからここで起こること、できれば黙っていろよ」

「あ……？」

返事を待たず、俺は集中を始める。

魔術ではなく、法術を使わなければならないので、少し勝手が異なるのだ。

祈るように目を瞑ると、ほわっとした白い光が辺りに満ちていく。

そして俺はキエザ少年の傷口に手を這わせた。

「我が神よ、かの者の傷を癒やしたまえ……エクス・ヒール！」

すると、傷口の周りが強く輝き、そして、傷口が徐々に塞がっていく。聖女ほどの力ではないが、それでも十分だ。

やはり治癒系は、魔術よりも法術の方が効果があるな、と改めて思う。

そして、すべての傷が消えると、唖然とした表情のキエザ少年がそこにいた。

「俺は……え、傷が……」

「意識はしっかりしているな。っていうか、もう痛くはないだろ？」

「え？　あ、あぁ……」

「革鎧の方は駄目そうだけどな。高い授業料を払うことになったな」

キエザ少年は革鎧を愛用している。決して安い品ではないだけに、結構な損失だろう。

しかしこれのおかげで即死は免れただろうから、十分に元は取ったと思うが。

「いや、あの……え、死ぬかと思ってたんだけど……」

「もう死なないだろ。傷が消えたの見てなかったのか？」

「そういうことじゃなくて……」

困惑しながらそう言うと、キエザ少年は俺をちらちらと見た。

「まぁ、いい。とにかく、村に戻るぞ。村人総出でお前のこと捜してるんだから、早く戻って安心させないと」

けれどキエザは気まずそうな表情で続ける。

「それはそうだけど、さ……」

「なんだよ、不服か？」

尋ねる俺に、キエザは聞いてきた。

「不服っていうか……その、あんたは……クレイさんはそれでいいのか」

「なにがだ？」

俺が首を傾げて聞くと、思い切ったようにキエザは答える。

「俺は、あんたにひどい態度を取ってたのに、こんな風に助けてくれて……」

なるほど、まともに悩んでいたわけだ、と理解した俺は、首を横に振った。

「大したことじゃない。ひどい態度っていっても、ただのかわいい嫉妬だろう？」

「あんた、わかって……」

「そりゃあ、君よりも年齢を重ねているからな。だけど何度も言うようだが、筋違いだぞ？

少なくとも今はただ居候させてもらってるだけだ」

「本当にそうなんだな……」

「あぁ。だからまぁ、あんまり心配するな……ってこんな話も後だ、後。ほら、戻るぞ」

俺はそう言って、キエザ少年に手を貸し、乱暴に引っぱり起こす。

本当なら、まだショックから立ち直っていないだろうし、あまりよくないとは思うが、少なくとも傷は治っているしな。失われた血液は戻らないが、傷を負って比較的すぐに治したから、これくらいは大丈夫なはずだ。

そして俺たちはそのまま村に戻った。

村に辿り着くと、村人たちはキエザ少年を叱ることなく、その帰還を心から喜んでいた。

キエザ少年は死ぬほど叱られると思って戦々恐々としていたようだが、思った以上にいい村なのだろうな。

ただし、彼の父親であるアルザムはさすがにげんこつを落とすことを忘れなかったようだが。

「それで？　今日はどうしたんだ？」

次の日、キエザ少年が俺を訪ねてきた。

さすがに今日は辺獄探索はせず、一日休みを取ることにしたのでグランツの家にいたのだが、そこにやってきたのだ。

リビングで話そうとしたが、キエザ少年が内密な話がある、と言ったので、仕方なく俺の部屋に招いた。

「あの、さ……」

おずおずとキエザ少年は口を開く。

「あぁ、なんだ？」

「まず、昨日のことなんだけど……本当にありがとう。そして申し訳なかった」

そう言って頭を下げた。

「また随分と殊勝な態度だな」

「だって……そりゃ、殊勝にもなる。あれだけひどい態度を取って、迷惑をかけて……命まで助けてくれて。俺は……」

「昨日も言ったが、大したことはしてない。だから気にしなくていいんだ」

「そんなわけにはいかないだろ……それと、昨日の詳しいことは、誰にも話してない。親父にもだ」

これは意外だった。

あれだけのことがあれば、言いふらしてしまうだろう、と思っていたからだ。

口止めもしたが、意識が朦朧としていたし、さほど効果はないんじゃないかと考えていたくらいだ。

そもそも俺としては自らの力について、あまり喧伝するつもりはないものの、バレてしまったらその時はその時だと思っているので、そこまで深くは考えていなかった。

しかし、隠そうとしてくれたというのはありがたい話だ。

「それは助かるが……なんでだ？　別に絶対に誰にも言うなとまでは言ってなかっただろ」

気になって尋ねるとキエザ少年は言う。

「だって、あんな力があるっていうのに、誰にも言ってないだろ？　だから、あんまり広められたくないんじゃないかと思って……」

「意外に気を遣えるんだな……あぁ、いや、馬鹿にしてるわけじゃないぞ」

本当に感心している。

そういう細かい心遣いをするようなタイプには見えなかったからだ。

キエザ少年はしかし、少し口を尖らせた。

「俺だって少しくらいは考える……」

「いや、悪かった。まぁ正直助かったよ。別に言ってもいいんだけど、派手に目立ちたいってわけでもないんだ、今は」

「そうなのか……あれだけの力があるのに」

「力があると面倒事を引き寄せてしまうことがあるからな」

これはキエザ少年にはよくわからなかったみたいで、首を傾げている。

「まぁいいさ。それより、お礼と謝罪なら受け取ったよ。それだけか？」

俺はそう尋ねた。

「あぁ、その、もうひとつあって……」

「なんだ？」

「俺に、その……戦い方を教えてくれませんか、兄貴‼」

急にそう言い出した。


「それで、弟子にしたんですか？　キエザを」

リタが尋ねてくる。俺はそれに対して頷いた。

「まぁ……別に時間は山ほどあるしな。それにキエザってそのうち冒険者になるつもりなんだろう？　今の感じだとすぐに死にかねないし、だったら少しくらい鍛えてやった方がいいんじゃないかと思って」

知り合って、ここまで関わった人間にすぐに死なれたらさすがに寝覚めが悪い。単純に気に入りつつあるというのもある。

「うーん、そうだと思いますけど……クレイさんは忙しいんじゃ」

確かにそれはあるが、それほどの負担でもない。

「別に毎日教えるってつもりでもないから。暇な時に、って条件をつけたしな。キエザは基本的には父親から鍛えられているわけだし、あっちの都合もあるだろう」

「クレイさんは本当に人がいいですね……」

「そうかな？　ただ暇つぶしになるなって思っただけというのが大きいよ」

肩を竦めてそう答えた俺に、リタは微笑んだ。

「そういうことにしておきます」

こうして、キエザに関わる騒動は、幕を閉じた。

第四章　辺獄からの視線

「おう、クレイ！　調子はどうだ！」

辺獄の端にある、俺が切り開いた区画で作業をしていると、そんな声がかけられる。

振り返ってみると、そこには革鎧を纏ったいかにも戦士という風体をした、髭面の壮年の男が手を上げて立っていた。

「アルザムか。どうしたんだ？　キエザは？」

彼の名前はアルザム。

この間、俺が助けることになったエメル村の少年、キエザの父親だ。

職業は村の守人であり、辺境の森からゴブリンなどの魔物が村にやってきた場合に討伐する役目を負っている。また、定期的に森に入って魔物の間引きも行っていることから、エメル村では一番戦える人間だ。

いずれはキエザにその仕事を継いでほしい、と考えているようだが、キエザの方はそのうち村を出て冒険者になってひと旗揚げるんだ、と言って聞かなかったらしい。

ただこの間のことでキエザも少し意見が変わってきているらしく、少し話をする機会があって、それ以来仲良くさせてもらっている。

エメル村の守人として、最も辺獄に近い場所で戦ってきた彼の情報は辺獄周辺についての詳しい話が多いため、俺としても非常に参考になっている。

ただ、それでも俺が辺獄を開拓していくつもりだ、と最初に言った時は笑われてしまったけどな。やはり、辺獄の畔に住む者からすれば、辺獄を開拓するなどできるはずもないことらしかった。

そんなアルザムが、俺に言う。

「キエザはさすがにまだここまで連れては来れねぇからな。村で留守番よ」

「辺獄に入らない限りは、森にはあんまり危険な魔物はいないと思うが」

「そうはいっても、この間のレッドグリズリーの件があるだろ？　しばらくは様子見でな」

「そうか……まぁそういうことなら仕方がないか。それで、今日はどうした？」

俺はそう尋ねた。

「どうしたもなにも、お前の様子を見に来たんだよ。辺獄を切り開いて、家を建てるっていうから……。息子の命の恩人なんだ。本気なら、諦めるまで手伝ってやろうかと思ってきたんだが……これを見るに、そんなことするまでもなかったか」

呆れたようにアルザムが言ったのは、彼の目の前にその、手伝ってやろうとしていた仕事の成果物が存在しているからだろう。

俺はすでに、自ら切り開いた辺獄の端に自分の家を建築済みだった。もちろん、村長に話を通した上でだ。

エメル村に来て、二週間ほどしか経っておらず、もちろん普通の方法で実現したわけではない。いくつもの魔術を活用して高速での建築を可能にしただけだ。

「いや、その気持ちはありがたいよ。だが困ったな。そうなると手伝ってもらうことがなくなってしまった」

「別にそれはいいんだが、なぁこれ、マジでどうやって建てたんだ？　村長の家よりも豪華じゃねぇか」

興味深そうに尋ねてきたので、俺はアルザムに説明する。

「そうだな……まずは、辺獄の森は見ての通り、巨大な樹木が大量に生えてるだろう？　その一部を伐採して、木材に加工することから始めた。もちろん、通常なら、伐ったばかりの木材は水を含んでるから寝かせて乾燥させないと建築には使えないが、そこで魔術の出番だ。水魔術で含水率を下げて乾燥させて、それから歪みのない木材を選別したんだ」

そもそもどうやってあの巨大な樹木を伐採したんだ、みたいな顔をアルザムがしていたので俺は補足する。

「あぁ、ちなみにだが伐採は風魔術でやったよ。剣で切ってもよかったんだが、剣が傷むからな。で、製材を終えてからは念動魔術で組み上げていって……まぁ他にも細かいことは色々やったが大まかにはそんな感じかな」

これから長く住むところだからと、かなり気を遣って作ったから。それほどの魔術を駆使してもかなり時間がかかってしまった。

しかし、それだけに完成品はかなり満足できるものになったと思う。

そう言って胸を張る俺に、アルザムは微妙な表情で、

「なに言ってるのか俺にはよくわかんねぇが、それって誰でもできるようなことじゃねぇよな……？」

と言ってくる。

「どうかな……同じようなことをできる奴にはひとり、心当たりがあるが」

俺は少し考えて、そう答えた。

その心当たりとは、もちろん、テリタスのことだ。

しかし彼の他にいるかと言われると難しいところだった。

魔術は通常、ひとつの属性を極めるだけでも難しいと言われるからだ。

これは、適性の問題があるためである。

人間には得意な魔術属性というものがあって、不得意な魔術属性はとにかく身につけにくい。

そのために、得意な属性を伸ばしていく方向で大抵の人間は訓練するので、複数の属性魔術を身につけた魔術師というのは少数なのだ。

通常なら二属性、多くて三属性と言われ、俺やテリタスのように節操なく身につけている者

は他に見たことがない。

俺の場合、魔術を教えてくれたのがテリタスであるから、同じようなタイプに育ってしまったが……人にはあまり勧められはしない。

なにせ、その道を選択するとそれこそ器用貧乏で終わってしまう者が大半だからだ。

俺の場合、どうしてもすべてを使えるレベルで身につけないと死んでしまう過酷な旅があったので、その危機感からここまでできるようになったが、正直言って普通は無理だと思う。

加えて、俺のスキルシードは極めて特殊で、属性による得意不得意というのがまったくなかったのも大きい。

そんなわけなので、確かにこれは誰でもできることとは言えないな、と思った。

「他にもうひとりいるのか。世の中にはとんでもねぇ奴が意外にいるもんだぜ……」

説明を聞いたアルザムは、ため息をついていた。

それから、

「そういや、この調子ならお前本当に辺獄を切り開いちまいそうだな」

と言う。

「もちろん、初めからそのつもりだが」

なにを当然なことを、と思って言うと、アルザムは説明する。

「当たり前のように言うが、俺はこの間までそんなことができるなんて信じちゃいなかったぜ。

で、このままこの巨大な樹木を伐採していくのか？　また生えてくるんじゃねぇのか。少なくとも、俺は昔親父からそう教えてもらったぜ。伐った端からにょきにょき生えてって、すぐに元通りになっちまうってよ。だから、辺獄を開拓するなんて土台無理な相談だって」

「あぁ、確かにそれは一部正しいんだが……そもそも、辺獄の樹木がこれだけ育つ理由は、そこに濃密な魔力があるからなんだ。そこのところをうまく対処すると、これがなんとかなるんだよ」

アルザムの言う通り、先日伐採した箇所にはまた樹木が生えていた。だから今朝、再び伐採してから家を建築したのだ。

それから俺は魔力を対処した。濃密な魔力を吸収したり散らしたりするのだ。やり方は色々だが、俺の場合は俺が吸い取って魔術を使ってしまうのが早い。無駄に燃費の悪い魔術を大量に使っていると、その場にある魔力は徐々に枯渇するから。

それで、この巨大な樹木はもう生えてこなくなる。

「魔力か……俺にはあんまり感じられねぇが」

「アルザムは闘気の使い手みたいだし、仕方ないんじゃないか？　魔術師じゃないと中々な」

見ればわかることだが、アルザムにはほとんど魔力はない。

しかし、それだと魔物と戦うことはできない。

一般人からすると、ゴブリンでさえ結構な強敵なのだ。絶対に勝てないとは言わないが、一匹倒すのが限界だろう。

しかしアルザムは、定期的に森の魔物を駆除している。それを可能としているのは、闘気というものを扱って身体強化を行う、《闘気術》というスキルを修めているからだ。

「お、わかるか。って言っても、大した腕じゃねぇんだが」

そう言ってアルザムは謙遜するが、とんでもない話である。

「失礼かもしれないが、村の守人で闘気をそれだけ極めてるのはかなり貴重だと思うぞ」

俺の言葉にアルザムは少し照れたような顔をした

「おいおい、そんなに褒めるなよ……まぁ真面目な話、辺境で生きる以上、村の守り手はそれなりの腕がないとやってけないって親父から口を酸っぱくして言われてきたからな。結構鍛えてきたつもりだよ。キエザにもそろそろ、教えてやろうかと思ってるんだがな……」

「それはいいな。キエザはアルザムより魔力も多いし、もしかしたら魔法剣士にもなれるかもしれないぞ」

「マジか？　そうなってくれると嬉しいが……だがそうしたら、あいつは冒険者になっちまうかな」

「どうだろうな。その辺は、キエザ次第だが……そういう若者は、経験上、止めても無駄だ。ただ、ひと通り経験したら村に戻ってきたりすることも多いから、長い目で見てやった方がいいんじゃないか？」

それは勇者パーティーの一員として、いくつもの国、いくつもの町や村を巡ってきた俺からすると、よく聞く話だった。

親の反対を押し切り、冒険者を目指して村を飛び出した少年。それが十年、二十年と冒険者をやって、徐々に自分の限界が見えてきた頃、故郷が恋しくなって戻る。そんな話。

実のところ、魔物とある程度戦える腕を持つ人間というのは貴重で、大きな町に集中してしまうから、そういった経歴の人間というのは意外に歓迎される。

まぁ、あまりにも素行が悪ければ問題だが、自分の家族がそこに住んでいて、ある種都落ちして帰ってきた冒険者、というのはその範疇には入らない。

だからそのまま村に守人として居付き、重宝される、という流れになる。

冒険者としては最も平和的な引退だ。

冒険者に限らず、戦闘を生業とする者の大半の引退理由は死だからだ。

キエザにはそうなっては欲しくないものだと思う。

そんな意味を込めた俺の言葉に、アルザムは、

「お前、若いのに随分と達観してるというか……ものがわかってるな」

そう言う。

「そんなこともないけどな。ただ、長く旅をしてきたんだ。その中でたくさんそういう奴らを見てきたからさ。アルザムもキエザのこと、心配しすぎる必要はないんだよ」

「そうか。そうかもな。……ッ⁉」

アルザムがうんうん、と納得したように頷いていたら、突然、なにかの気配に気付いたように、辺獄の奥を見た。

これについては俺も気付いている。

「アルザム、大丈夫だ」

警戒して剣に手をかけるアルザムの肩をぽん、と軽く落ちつかせるように叩く。

「本当かよ。なにかが……見てるんじゃねぇか？」

この言葉は正しい。だから俺は頷く。

「あぁ。でもここ一週間くらい、俺がやってることを見てるだけで、なにも手出しはしてこないからな。放っておいてるのさ」

害がなければ、それでいいのだ。

「魔物じゃ、ないのか？」

アルザムの質問に、俺は首を横に振った。

「ではないな」

「じゃあ……」

なんだ、という言葉を呑み込んだアルザムに、俺は人差し指を立てて唇に当てつつ笑って、

「そこは、向こうが教えてくれるまでは内緒にしておこう」

そう言った。

そんな俺に怪訝そうな表情を向けるアルザムだったが、しばらく視線を向けても俺がその正体を言わないことで諦めたようで、ため息をつき、剣にかけた手も外して、

「本当に大丈夫なんだな？」

と念押しするように尋ねた。

俺はこれに頷く。

「あぁ、もしそうじゃなくなったら……」

「なくなったら？」

「俺がこの手で、どうにかするさ」

少しばかり殺気を込めた声色で言う。

それに対してアルザムは息を呑み、

「おっかねぇな」

と俺を見つめた。

「そうかな？　俺は優しいぞ」

そこでふっと殺気を緩めた俺は、肩を竦める。

「ふっ……そう願うぜ」

アルザムはそんな俺の肩を叩いて笑ったのだった。

＊＊＊＊＊

「……ッ⁉」

瞬間、向けられた殺気に慌ててその場を離れる影があった。

奇妙なのは、エメル村の方ではなく辺獄の奥に向かって走っていくことだろう。

しかも、その人物は非常に美しかった。水色の流れるような髪に、宝石のような瞳、陶器のように滑らかな肌に、人形のように整った顔立ち。

彼女はいったい何者なのか……その耳を見れば大抵の人間は察するだろう。

通常、人間の耳は丸いが、その少女の耳は細長く尖っていた。

エルフ、と呼ばれる種族の特徴だ。

そう、彼女はエルフなのだ。しかも、エルフの中でも希少なハイエルフ。

この世界のどこに住んでいるか、誰も知らないと言われている存在。

そんな彼女の名前はシャーロット、といった。

シャーロットは走りながら呟く。

「あの人物はいったい、何者なのでしょう……突然、辺獄を切り開きはじめたかと思えば、家まで建ててしまって……あのようなことが、人族に可能なのでしょうか。いえ、我々にすらとても……」

最近のシャーロットの日課は、辺獄に突然やってきた奇妙な人間の監視だった。

辺獄に国はなく、誰も住まないと言われているが、実のところ、シャーロットたち一部のエルフはここを住処としていた。

人族が決して足を踏み入れず、制圧しようとしても絶対に不可能な場所。

辺獄は、エルフたちにとって楽園のような場所だった。

もちろん、強力な魔物や、その他の脅威に悩まされることはあるけれども、それでも強欲な人族たちのそれと比べれば、何倍もマシだと言える。

だからずっとこの森で暮らし、無遠慮に外から来る者があれば密かに撃退してきた。

今回もまた、同じようなことがあれば、そうするつもりで監視していたのだ。それなのに、あのクレイと呼ばれていた男は……一部とはいえ、確かに辺獄の開拓に成功していた。

このままあの男の仕事が進んでしまえば……。

「里でしっかり、相談しなければ……手遅れになるかもしれません。ただでさえ色々と忙しいというのに……」

シャーロットは、そんなことを呟きつつ、辺獄の奥地へと急いだ。

＊＊＊＊＊

「このような方法によって、この魔法陣の縮小化が可能となるわけじゃ。他にもいくつかアプローチはあるが……」

王都に存在する王立魔術学院。

その教室のひとつにおいて、賢者テリタスが珍しく講義をしていた。

《先端魔法陣学についての考察》という講義で、一般生徒向けというよりは、教授陣や在野の高位魔術師たち向けのかなり難解な講義だ。

しかしそれにもかかわらず、教室は満席であり立ち見している者すら出る始末だった。

けれど……。

――ジリリリ！

と、講義の終了時刻を告げるベルが鳴ると、テリタスは、

「おっと、ここで終わりのようじゃ。では次の講義は来週になるので、その時までになにか疑問点があればまとめておいてくれ。では」

すっぱりと講義を切り上げて教室を出ていく。

そんな彼を多くの教授陣や魔術師たちが追いかけようとするが、廊下に出ると、彼の姿はすでにそこにはなかったのだった。

「ふう、最低でも週に一度は講座を開いてくれと頼まれたからやっておるが、思ったより面倒じゃな」

テリタスは学院内にある教授棟に与えられた自らの居室に戻り、ため息をついた。

勇者パーティーが解散した後、彼は王立魔術学院に戻った。

ぜひ学院長に、という声もあったものの、煩わしさからあくまでも、顧問というしがらみの少ない役職について、気が向いた時に授業に顔を出すくらいにしている。

そんな仕事の仕方では、普通なら誰からも邪険にされそうなものだが、意外にも、いつ、どんな授業に顔を出しても歓迎される。

それこそが勇者パーティーとして魔王を討伐した結果というわけだ。

「わしが倒したわけでもないというのに、な。心苦しくなってくるわ……じゃが、あやつの希望じゃし」

そう独りごちるテリタスであった。

そんなテリタスの部屋の扉が、突然叩かれる。

いったい誰が、と一瞬思うも、テリタスに気配を悟られずにそんなことができる人間など、世界広しといえども限られていた。

そしてその中でも、今、こうしてテリタスのところを訪ねることができる人物は……。

「フローラか。入るがよい」

「邪魔するわよ」

そう言って、聖女フローラがずかずかと入り込んでくる。

そして部屋のソファに乱暴に腰かけると、

「ちょっと聞いてよ！」

と叫び出した。

教会の信者にはとても見せられない横暴具合だが、その態度はどこかかわいらしい。

明らかに甘えているとわかる上、こんな様子を見せるのは本当に心を許した相手――勇者パーティーのメンバーに対してだけだからだ。

「別に構わんが、せめて事前に連絡をくれ。驚くじゃろ」

そう言いながら、テリタスは指をパチン、と鳴らす。

すると、テリタスがフローラの前のソファに移動し、そしてテリタスとフローラの座る席の前に、紅茶とお茶菓子が出現した。

魔術によるものだ。しかし、こんな便利な魔術を使えるのも、そしてこんなことに魔術を使おうとする者も、滅多にいない。

テリタスの腕あってこその術だった。

「私だってそうしたいけど……難しいのよ。今日だってなんとか教会を抜け出してきたんだもの」

「脱走してきたのか、お主」

「人聞きが悪いわね！　そもそも、私は別に自由に教会を出て構わない立場よ。それなのにやれ予定がとか、やれ人目を気にしろとか、もう面倒くさいったらありゃしないわ。やめようかしら、聖女なんて」

ぷんぷん、という音すら聞こえてきそうなほどの言い草に、テリタスは吹き出してしまう。

「別に構わんのではないか？　わしもたまに魔術学院の顧問など、やめてしまいたくなるからのう」

そう続けるほどに、魔王討伐によって与えられた立場はどこか重荷になっている。

もちろん、その意味も、重さもわかっているものの、どこか借り物のような居心地の悪さを感じるのだ。

それはフローラも同じなのだろう、とテリタスは考える。

しかしフローラは自分が言ったことを一瞬で忘れたのか、テリタスに忠告するように言った。

「それは迷惑がかかるからやめた方がいいわ。だって、テリタスの講義を聞きたい魔術師、いっぱいいるんでしょ？」

テリタスはこの言い草に呆れて言い返す。

「お主、自分がさっきなんて言ったのか、忘れたのか……？　それを言うなら、お主の説教なり治癒術なりを受けたい信者たちが世界中にいるじゃろうが」

　これはフローラにとって耳が痛い指摘だったようで、うっと言葉を詰まらせつつ、言い訳するように言う。

「それは……ほら、別に説教も治癒術も私じゃなくてもできるし？」

「魔王討伐した聖女の、という枕詞がつかなければな」

「ぐぅ……」

　さすがのフローラにも反論は浮かばなかったらしい。ふたり揃って言えることがなくなったのを確認して、テリタスは議論をここで閉じることにした。

「ま、お互いわかっておるじゃろ。こんな話は不毛じゃとな」

「そりゃあね。でもたまに愚痴りたくなるのよ……」

「それもそうじゃなぁ……あぁ、そういえば、聞いたか？」

　ふと、テリタスが口にした言葉に、フローラは反応する。

「あっ、そうそう。聞いたかもなにも、今日はそのことについて話しに来たのよ！」

　話の内容を言っていないのに、すぐになにを言いたいかわかるのは、この数年ずっと一緒にいたがゆえの以心伝心であった。

　テリタスは言う。

「うむ……ユークの話じゃろ。あやつはいったいなにをしておるのか……まぁ、理由はわかるがな。コンラッド公爵との対立じゃろうて」

そう、ふたりはそれぞれの情報網から、ユークが今度、S級冒険者三人と国民の目の前で模擬戦をすることになった、という情報を得ていた。

「そうそう、それよ……ユークはまったく、なにやってんのよ……せっかく魔王を討伐して世界平和を手に入れたっていうのに、どうしてまた……」

フローラは首を横に振ってため息をついた。

これにテリタスは頷く。

「フローラの気持ちはわかるがの。仕方あるまい。ユークには宮廷闘争という戦いが残っておるのじゃからな。それに世界平和といっても、魔族との戦いが終わっただけじゃ。歴史書をめくれば、次に始まるのは人同士の争いになってくる。人は戦いから逃れられんよ」

「蘊蓄《うんちく》の披露をありがとう、お爺ちゃん」

肩を竦めてそう言ったフローラにテリタスは尋ねる。

「で、そのお爺ちゃんにそんな話をしてどうしようっていうんじゃ？　まさか止めよと？」

「馬鹿言うんじゃないわよ。多分、内々にだけどもう決まったことなんでしょ？　止めようがないじゃない」

「聖女の横槍が入れば止めようはあると思うが……」

実際、教会の力は非常に強い。

それこそ王家でもそう簡単に言うことを聞かせられないほどには。

けれどフローラは首を横に振る。

「ここで聖女として権力を振るったら……ユークと結婚が、みたいな話になっちゃうでしょ。そんなのお互いに望んでないわ」

これは以前から言われていることだ。

ユークとフローラは、ふたり並んで立つとまるで一幅の絵画のように見栄えがする。

そんなふたりが夫婦となり、王国を支えていくとなれば、もうこれは間違いなく熱狂的に国民から支持されるのは想像に難くなかった。

しかも、ふたりとも魔王討伐をした勇者パーティーのメンバーなのだ。

一瞬にして第一王子派閥など隅に追いやられてしまうくらいの威力がある。

けれどそれをしないのは、ユークにもフローラにも、その気がないからだ。

ふたりとも、お互いに対して戦友としての情はあるけれども、恋愛感情は一切なかった。

それでもあくまでもパートナーとして、付き合っていくことはできるのかもしれない。

けれどそんなつもりすらもなく、だからそういう話に持っていかれそうな行動は一切取らないようにしているのだった。

「ふたりとも、無駄に見目がよく生まれたがゆえに、苦労するのう」

テリタスが苦笑するようにそう言うと、フローラはテリタスを凝視した。

「あんたも見目という意味では凄いけどね……なんなのその若作り」

テリタスの容姿は、白髪の美少年である。

どう見ても十五歳前後にしか思えない容姿だが、これで相当な年月を過ごしている。

その正確な年齢を知る者はいない。

「魔術を極めると、いかなることでも可能となる……その一環じゃよ」

「クレイもいつか美少年に？」

妙に嫌そうなフローラの視線を受け、テリタスは少し考えてから答える。

「美少年かどうかは知らんが……老化を抑えることはできるようになるかもしれんな。まだ研鑽が足りないが……」

これにフローラはホッとした表情で言った。

「よかったわ。いきなり若返られても困るもの」

「さようか」

「ま、それはいいとして……」

「本当にいいのか？」

「よくはないけど、とりあえず後回しよ。今はユーク」

「ふむ……なにか心配しておるのか？　まさかユークがＳ級冒険者三人にやられると」

Ｓ級冒険者と言えば、冒険者としての最高位に位置する存在なのは誰でも知っている。そうそう辿り着ける位ではなく、なれば一生遊んで暮らせるだけの富と名声が得られる。

当然、それに見合った実力がなければ話にならないのは言うまでもない。

民間に存在する武力の最高峰であり、単騎で一軍に匹敵するとまで言われる。

そんな者が三人も、である。

普通ならどれだけの腕を持っている者でも、勝てない、と言うだろう。

けれど、フローラはテリタスの言葉にあっけらかんとした口調で答えた。

「え？　まさか。そんなわけはないわよ」

これにテリタスは笑った。

「じゃよな。S級三人など……話にならん」

これについては、ふたりにとって自明と言えるほど単純な事実だった。

しかしそれをコンラッド公爵はまったく知らない。

彼は、魔王軍とたった四人で戦ったという事実を過小評価しているのだ。

けれどその事実を、テリタスもフローラも彼に教えてやるつもりはなかった。

少なくとも、彼に破滅が訪れるその日までは。

「その通り。問題は勝った後よ。ユークの名声、死ぬほど高まるじゃない？」

「まぁ……そうじゃろうな。それではいかんのか？　そのまま次期国王の椅子に収まれば、こんな素晴らしいことはあるまいて」

「それだけならね。そこでさっきの話よ。そこまでうまくいくと、婚約者は……って話になりかねないじゃない？」

ここでテリタスも話の進む方向に想像がついた。

「それがお主になると？　ふむ、あり得ぬ話じゃないというか……すでにそういう方向で噂が立っているからのう。むしろ既定路線じゃ」

「でしょう！　困るのよ！」

普通の娘ならば次期国王の婚約者になると言われれば小躍りするところだろうが、この聖女はそんなたまではなかった。

「別に断ればいいじゃろ。王家と言っても、教会に無理強いはできんぞ」

「枢機卿の数人が乗り気なのよ……教主様はもしそんな話になっても断ってくれるって言ってるんだけど、どうにも面倒くさくてね」

教会の権力構造は複雑である。

最上位に教主がいるが、その教主を選ぶのは五人いる枢機卿だ。

そのバランスが崩れると教主と言えど引きずり下ろされるので、教主も枢機卿に常に強権を振りかざせるというわけではなかった。

「教会の悪鬼どもというわけか。ややこしいのう。で、どうする？」

「そこで相談なのだけど……」

そして、フローラはテリタスの耳に口を寄せた。

「ふむ……ほう、なるほど。まぁ確かにそれなら……だが、お主のクレイに対するアプローチはこう、一足飛びに過ぎるのではないか？　もう少し穏当な方法でもいいと思うのじゃが」

「穏当な方法は旅の間にやり切ったわ！　もう残るはこれくらいしかないのよ！」

拳に力を込めるフローラに、テリタスはふと真面目な顔になった。

「じゃが、後が怖くないか？」

「押し切ればなんとかなるわよ」

楽観的すぎるフローラに、思わずテリタスは言う。

「お主の義務は？」

「この際だし、逃げ出すことにするわ。休暇よ休暇。それならいいでしょ」

「ものは言いようじゃのう……しかしおもしろそうじゃ。どうせならわしも休暇を取りたいが……」

しかしそんなテリタスにフローラは慌てる。

「元勇者パーティーがふたり同時期に、はまずいから遠慮してよね。ほとぼりが冷めた頃に戻ってくるからその時にして」

「まぁそれくらいなら構わんか。じゃがユークの模擬戦は見に来んのか？　おそらく、かなり盛大な祭りになるぞ」

王子が広く国民の前で行う模擬戦である。

それ自体がイベントとしてお祭りの様相を呈することは間違いなかった。

「せっかくだし見たいかな……悪いけど、定期的に向こうに連絡送ってくれる？　テリタスならそれくらいの距離、なんとかできるでしょ？」

「うーむ、無理ではないが……魔術より魔導具の方が効率的かもしれんな。三日ほど待て。作って渡すゆえ」

「さすが、国宝魔導具師様ね。じゃあお願い。私はこれからについて色々と工作するから！」

＊＊＊＊＊

「兄貴！　明日は辺獄に行っちまうのか⁉　しばらく村にいてくれよ！」

グランツの家でそう言ったのは、俺に助けられた日から俺をなぜか兄貴と呼びはじめたキエザであった。

彼がこういう風に言うのには理由があって、俺はつい先日まで行商人のグランツの家に居候させてもらっていたが、辺獄に家を建築したため、エメル村に滞在する必要がほとんどなくなったからだ。

キエザには戦い方を教える、弟子にする、と約束しているが、あくまでもエメル村にいる間だけ、というものだったので、向こうにいる時は当然教えられない。

それがキエザには不満なわけだな。

まぁ、キエザがあっちの家にまで来られるのならそこで教えてもいいが、キエザの父のアルザムが以前言っていた通り、辺境の森は辺獄ほどではないにしろ、魔物がそれなりに出て危険なのだ。

だからひとりで来いと言うわけにもいかないし。

かといって、俺が辺境に来た目的は、あくまでも辺獄開拓である。

そのためには辺獄の拠点で寝泊まりした方が都合がよく、村に戻ってくるのは数日に一度、生活必需品で欠けたものを仕入れに来る時くらいに限られていた。

「村にいろって言われてもな。俺のやりたいことはわかってるだろ？　無理を言うな」

「だって兄貴ぃ……」

「情けない声を出すな。そもそも村に来た時にそれなりに稽古をつけてやってるだろうが。次に来る時までの課題を出してやってるんだから、それを完璧に極めるまで繰り返せ」

俺としても、せっかく弟子にしたのだから中途半端に教えるつもりはなかった。

だからエメル村まで戻ってきた時はしっかりと指導して、宿題も出して見ている。まだ家を建てて十日ほどだが、見ている限り、徐々に動きも身についているので悪くはないはずだ。

それなのにこの言い草なのだから、もうちょっと頑張れと言いたくなる。

キエザは続ける。

「兄貴に直接教わった時の方が強くなれた！　って気がするんだよ！　わからないこともすぐ聞けるしさ」

「なんでもかんでも聞こうとするな。時には自分で考えろ。俺がいない時とかちょうどいいだろ」

「でもさぁ……」

なにを言ってもキエザはめげない。とはいえ、俺も折れるつもりはないが。

向こうとここを行ったり来たりするのは思ったより面倒なのだ。

森の中を進まなければならないからな。

いっそ、安全な街道でもあれば、俺も楽だし、キエザもひとりで辺獄の拠点まで来られるのだろうが……ん？

街道、街道か……。

「街道、作ってしまうか……？」

そんなことを思った。

「なるほど、森に道を……」

夕食の時間、グランツに俺の思いつきについて尋ねてみる。

それは、辺境の森の一部を切り開いて、辺獄まで舗装された一本道を作るというのは可能だろうか、ということだった。

辺境の森はエメル村の住人に様々な方法で利用されている場所のため、もちろん無断で行ったり、めちゃくちゃな開拓をすることは許されるはずもない。しかし、そういった利用に支障のないだろう場所を少しばかり切り開き、道にしてしまうのはどうかと思ったのだ。

そもそも、俺はいずれ辺獄をもっと開拓して、人の住める土地にしていきたい。

その時に街道のひとつやふたつ、ないと困る。それを先んじて作ってしまうのだ。

そうすれば、キエザも気軽に拠点まで来られるし、俺もエメル村まで戻ってきやすい。

最高ではないか、というわけだった。

そんな俺の言葉に、グランツは少し考えてから答える。

「うん、いいのではないでしょうか」

「おぉ、本当か？」

「ええ。もちろん、村長の許可を取り、村の狩人、それに守人にも相談は必要でしょうが、基本的には問題ないと思いますよ。別に森の全域を使っているわけでもありませんし。ただ、道を作った場合に、動物や魔物の動きに変化が出るでしょうからしっかりと観察する必要があるでしょうが……」

「あぁ、その辺りには十分配慮したい」

「なら大丈夫でしょう。リタも最近、寂しそうにしてますし、気軽にクレイさんに会いに行けるなら、喜びますよ」

ふとグランツの言った言葉にリタは、

「お、お父さん！」

と頬を赤らめ、慌てたように言う。

「リタが？」

俺が尋ねると、グランツは頷いた。

「ええ。クレイさんはここに泊まらないことが増えたでしょう？　なんだか張り合いがないってよく言うので……」

「そうなのか、リタ」

「え？　えっと……その、はい。クレイさんが来てから、にぎやかで楽しかったので。お父さんは行商でいない日も多いですから、余計に」

「そうだったか……悪いな」

かといって、毎日ここに戻ってくるのもな……。

そういう意味でも、道を作るのはいいことか。

「いえ、いいんです。でも道ができて、会いに行けるようになったら、私、行っていいですか？」

「それはもちろんだ。道を作るなら魔物避けの魔導具を埋め込むつもりだし、リタが仮にひとりで歩いても大丈夫なようにするからな。ただ、それでも誰か戦える男と一緒に来た方がいいとは思うが。キエザとか」

これはキエザへの応援……という面もあるが、事実として盗賊などの危険もあるからこその言葉だった。わざわざ辺境の、辺獄へ向かう道を盗賊が縄張りにするとは考えにくいが、もしものこともある。

「キエザですか？　あぁ、でも最近修行頑張ってますもんね。頼りにはなるのかも」

「ま、あくまでも道ができたらだが。明日は村長に許可を取りに行くか」

「取れたらいいですね、許可」

「あぁ」

「なんと、森に道を、ですか……‼」

次の日、村長宅に相談に行くと、エメル村村長は目を見開いた。

これはどういう意味の反応だろう、と思って俺は尋ねる。

「……ええと、まずいでしょうか」

そんなことは許されない、という意味である可能性もある。

だが、村長は言う。

「いえ、いえ。まったく問題ありません。というか、あの森には旧道……古い時代に作られた道の名残がありますから、切り開くにはそこがちょうどいいのではないかと」

そして奥の棚から地図を取り出し、テーブルに開いて見せてくる。

「ここですな」

地図にはエメル村周辺の森の様子が記載されており、その中に確かに一本、細いが道が通っているのがわかった。

しかし……。

「この辺りを通っても、特に道、という感じのものはなかったですが……」

そう尋ねると、村長は説明する。

「かなり古いものですから。森の生命力によって浸食され、埋まってしまったのでしょう。ですが、名残のようなものがあるところもありますので。……それに、この旧道でしたら、昔一度道として使われていた場所ですから。切り開いても森への影響も必要最小限に抑えられるのではないでしょうか」

言われてみると、いい提案のように思え、俺は頷いた。

「なるほど、それは確かに……」

「詳しい場所は、狩人たちと守人が知っております。ですから、彼らに聞いていただければ」

「承知しました。快く賛成していただいて、感謝いたします」

俺がそう言って頭を下げると、村長は首を横に振って答えた。

「いえいえ、このエメル村は、そもそもが辺獄を開拓するための先遣隊が作った村が元ですから、それを現代においてやろうとしているクレイさんには期待しているのです。本当にできるかどうかはわかりませんが……それでも、応援しておりますので」

「本当にありがとうございます。私も、なにか村でお困りのことがありましたら、いくらでも協力しますので、その時は申しつけてください」

「では、その時は遠慮なく。持ちつ持たれつ、ですな」

そして俺と村長は握手をして、笑い合ったのだった。


「あー……地図を見るにこの辺だな。ほれ、クレイ。よく見てみろよ。この辺とか石畳が崩れた跡があるぜ」

翌日、早速森の中に入った。そしてしばらく進んだところで、アルザムが地面を示しながらそう言った。確かによくよく観察してみると、木の根が這っているさらに下に、石畳だったと思しき残骸が見える。

「これって何年前のものなんだか……」

首を傾げながら呟く俺に、アルザムは言う。

「さぁな。俺が森を歩きはじめた頃にはすでにこんなもんだったしな。百年じゃ利かねぇだろうな。だが、森の他の区画よりはずっと開かれた場所でもある。俺たちも狩人もこの辺はよく通る。歩きやすいからな」

一度開かれた場所だ。木々やら蔓やらが少なくなるから自然とそうなるのだろう。

「なるほど。でもいいのか、ここを道にしてしまって。狩人の獲物とかは寄りつかなくなりそうだが」

俺の質問にアルザムは頷いた。

「人通りが多い場所だって獣はわかってるからな。もともと、あまり近づかないよ。ただ森の奥に進むのに便利だから使ってるってだけだ。魔物についちゃ、道があろうがなかろうが関係なく襲いかかってくるしな。そういう意味じゃ、道ができるメリットの方がデカい」

「そうか……じゃあ早速やってしまうか」

「おう、頼むぜ」

ここまでで、旧道がどの辺にあるかはほぼ把握した。

だからやるべきは木々の伐採と、新たな道を敷くことのふたつだ。

本来ならこんな単純に作業を分けられないだろうが、俺には賢者テリタス譲りの魔術がある。

だから……。

「まずは……《風刃《ウインドカッター》》」

風の刃を形作り、旧道の上に生えている樹木をすべて伐り倒していく。

そして伐った先から、《収納》に突っ込んでいく。

もちろん、樹木を伐れば切り株ができるし、それを掘り出すのがまた本来なら非常に面倒くさいのだが、これについても……。

「《地隆起《アップスラスト》》」

土属性魔術で地面を隆起させ、無理やり掘り出して、やはり《収納》に入れていく。

《地隆起》の魔術は通常、ただ地面を隆起させるだけで切り株をピンポイントに浮き出させるようなことはできないのだが、これも長年の修行による微細なコントロールによって俺は可能としていた。

その作業を後ろから見つめるアルザムは、

「おいおい、マジかよ……」

とか言っているが、無視してどんどん進めていった。

そして、旧道に生えていた目に見える範囲の木々をすべて綺麗にしたところで、次の作業に移る。切り株や落ちた枝、葉っぱなどについては収納で回収しているとはいえ、このままでは地面がボコボコで道としてなど到底使えるわけもないからだ。

「この後どうするんだ？」

アルザムが聞いてきたので俺は答える。

「地面を道として使えるように、平らにしてから舗装……石畳を敷くよ」

「どうやって……って、聞くのも愚かなんだろうな」

「もちろん、こうやってだ。《地圧《グラウンドプレス》》」

俺が呪文を唱えると、ボコボコとした地面が平らに押し固められていく。

本来、《地圧》の魔術はこのようなものではなく、土などを出現させ、それによって敵を押しつぶすことを目的としたものなのだが、俺としては土木用に使うのが最も適した魔術であると考えていた。

どんな建造物を建てるにしろ、まず地面を平らにする、というのは基本だからな。

地面を自由自在に押し固めることができるのだからこれほど便利な魔術はない。

それなのに、土属性魔術は不遇だ。

あまり強力な魔術がないとか、地味な属性と言われて、土属性魔術師は迫害とまではいかないものの、魔術師の中でも一段下の存在と見られがちなのだ。

大工とか建築士と一緒に働けばその有用性はすぐにわかるのだが、魔術師というのは総じてプライドが高く、そして戦闘での働きに重きを置くために、こういった使い方を普通はしない。

魔力量的に難しい、というのももちろんあるのだが、そういうのも働く魔術師の数を増やしたり、シフトを考えたりすれば解決できると思うんだけどな。

実に勿体ない扱いを世間から受けている属性なのだった。

しかしそんな土属性魔術が生み出す光景は素晴らしいものだ。

実際、アルザムは平らにされた旧道区画を見て、目を見開いて叫ぶ。

「すげぇ……もうすでに道として使えるじゃねぇか！」

「確かにこれでも十分ではあるな。石畳とか特にいらないか……？」

そうは思うも、俺の目標はいずれ、辺獄を人の住める土地として開拓することだ。

それを考えるとこの先、馬車などが大量に通るように考えて道を作るべきだろう。

だとすれば、やはり石畳があるのとないのとでは、かなり違ってくる。

とはいえ――。

「先に全部切り開いてから石畳は敷いた方がいいか。よし、アルザム。このまま辺獄まで旧道区画を切り開いていくぞ」

「え、今日で全部やる気なのか？」

そんな馬鹿な、という表情のアルザムだったが、俺は、

「当たり前だろ？　さぁ、案内してくれ」

そう言ったのだった。


「マジでやり切りやがった……。しかし、これで俺もここに来るのが楽になるな」

辺獄に作った俺の家でお茶を飲みつつ休憩しながら、アルザムが言った。

ちなみにこのお茶はグランツからもらったものだ。

「なんだ、定期的にここに来るつもりか？」

「駄目か？　キエザが来たそうにしてるからな。以前の森歩きじゃ連れてくるわけにはいかなかったが、あれだけの道ができたんだ。毎日とは言わないが、まぁ三日に一回くらいは連れてきてやろうと思ってな」

「なるほど。全然構わないぞ。キエザにもそろそろ次の段階の修行に移らせたいと思っていたところだし、ちょうどいい」

キエザには弟子にしてくれと言われて以来、とにかく基礎を固めるように教えてきた。

しかし、もうそろそろ十分というか、それだけでは飽きるだろうなという気がしてきたので、少し考えることにしたのだ。

「へぇ、そうか。確かに最近、あいつの動きはよくなってきてるからな。悪くないとは思うが……なにを教えるつもりなんだ？」

「それなんだが、キエザってどんなスキルシードを持ってるか、調べたのか？」

通常、王都の人間はどんなスキルシードを持っているか、五歳前後で調べるものだ。俺は出身があまりにも山の奥にある村なので、ユークたちが来るまでろくに調べもしなかったが。

これにアルザムは言う。

「あぁ、エメル村の人間はスキルシードは調べねぇな」

「それは全員か？」

「あぁ。別に金がないってわけじゃないんだが、スキルシードを調べるには教会まで行かなきゃならないだろう？　エメル村には教会の支部すらないからな。だからこの辺りだと、領都に行くしかないんだが……遠くてな」

「なるほど、そういうことか」

スキルシードを調べる方法はいくつかあるが、その中でも最もポピュラーなのが、教会に調べてもらう、という方法だ。アルトニア王国ではアルトニア正教会だが、他の国でもそれぞれの宗教団体などで調べるのが大半だな。

他には冒険者組合で調べるという方法もあるが、この場合には冒険者としての登録が必要になってくるから誰もがやるというわけにはいかない。

教会などでは五歳前後の時であれば、洗礼と一緒に無料で調べてくれるので、そちらの方でみんな、調べるものだ。

特殊な例としては俺のような場合もある。

ちなみに俺はテリタスに調べてもらった。

実のところ、どんなスキルシードを持っているか調べるための器具である《スキルシードチェッカー》は魔導具であり、テリタスはその作り方を知っているのだ。

そのために所有していて、いつでもどこでも調べられる。

もちろん、これは普通ではない。

なにせ《スキルシードチェッカー》の作り方はどの国でも秘匿されており、お抱えの魔導具師しか作ることができないからだ。この点、テリタスはアルトニア王国の国宝魔導具師という資格を持っているので普通に作れてしまうのだな。

まぁ、本人曰く、そんなものになる前から作っていたということだ。

そして、テリタスが作れるということは……。

俺はアルザムに言う。

「じゃあ、アルザム。俺がキエザのスキルシードを調べてやりたいと言ったら、駄目だと言うか？」

これにアルザムは、

「いや？　別に全然構わないが。さっきも言ったように、ただ遠くて面倒だってだけだからな。辺境じゃや、スキルシードなんて知らなくても生きていける。というか、知ったところで活用できないのが大半だ」

そう答えた。

まぁ、スキルシードは才能の種、源泉だと言われていて、王都や貴族からは非常に重要視されていても、庶民にとっては関係ない場合が多い。

調べて知ったとしても、自分のスキルシードとはまったく関係ない職業につくこともざらだ。だからアルザムの意見も理解できた。

たとえば、《魔術師》のスキルシードを仮に持っていたとしても、魔術を学ぶ手段がなければ役に立てられる日はこない、とかそういうことだな。誰に教わらなくても自然と魔術を使えてしまう、みたいなスキルシードもこの世には存在するのだが、それは極めて稀だ。

しかし、知って損するというものでももちろんない。

だから俺はアルザムに言った。

「なら、調べさせてくれ。キエザのスキルシードを……あ、ついでにアルザムも調べるか？　村じゃ調べないってことは、アルザムも知らないんだろ？」

ふと考えついたことだが、悪くない思いつきだと思う。

「え、そんなことできるのか？　俺は小さい頃から親父の守人を継ぐと決めてたから、どんなスキルシードでも関係なかったしな。でも知ることができるなら嬉しいが」

同意も得られたので、俺はその方向でやることに決める。

「よし、じゃあ早速《スキルシードチェッカー》を作ってしまうよ。あ、そうだ。村人でスキルシードを調べたい人が他にいたら、その人のも調べるから希望者を集めておいてくれるか？」

「金は？　取らないのか？」

少し不安そうなのは、そういう要求をする奴も世の中にはいるからだろうな。ただし俺にそんなつもりはもちろんない。

「別にただでいいよ。俺が魔導具作るんだから」

原価はかかっているが、すでに持っている素材から作るわけだし、余計に金がかかることもないしな。

「わかった。しかしマジか。旧道切り開けるくらいの魔術を使えて、かつそんなものまで使える魔導具師とか……お前いったい何者なんだよ」

「何者って言われてもな。辺獄開拓を夢に見て王都からやってきただけさ。大したもんじゃない」

「お前で大した者じゃなかったら、全世界の人間の大半が大した者じゃないだろうよ……ま、話はわかった。明日までに人を集めとく。それでいいんだな？」

「あぁ」

そして次の日、エメル村の中心地にある広場に集まると、そこには村人の大半が集まっていた。

いや、全員じゃないかな？

「おう、クレイ。ちょっと声をかけたらこんなことになっちまった」

アルザムが頭をポリポリかきながらそう言った。

「いや、構わないが……多すぎないか？　いったいどうやって集めたんだよ」

いても十人くらいだろうと考えていたが、その数倍の人数がいる。

「普通にスキルシードをただで知れるらしいぜって言っただけだよ」

「それでこんなに……？」

意外な話だ。

しかしそう思っている俺にアルザムは説明する。

「お前、気軽に《スキルシードチェッカー》？　だったか、そんなものを作っちまう奴だからよくわかってないのかもしれないが、こんな村の村人が、スキルシードを調べようとしたら大変なんだぜ。昨日も言ったが、領都まで行かなきゃならねぇ。そうなると旅費や滞在費も相当かかるしな。まず無理だ。それが村の広場に集まるだけで知れるとなったら、そりゃこうもなる」

「そういうものか……」

確かに納得できる話ではあった。

「あぁ。今さら調べられないって言ったら、暴動が起こるぜ？　大丈夫なのか？」

少し不安そうにアルザムが聞いてくるが、その点については問題ない。

「いや、それは平気だ。ほら、ちゃんと《スキルシードチェッカー》もここにある」

そう言って俺は昨日作ったものを出す。

「なんというか、薄い板って感じだな。光沢があるから……金属か？」

「そうだ。魔導基盤を組み上げてそれをミスリルで覆ってある。正確に言うと、ここに結果が表示されるようにさらに回路を組み込んでるんだが……」

詳しく説明しようとすると、アルザムは手を顔の前で振った。

「いや、いい。俺にはわからん……要はそいつでスキルシードがわかるんだろ？　それだけ理解できりゃいい」

「そうか？　それは残念だな……」

できることなら魔導具について議論できるような相手が欲しかったところだが、エメル村でそんなことを求めるのは難しいかもしれない。魔導具学なんてものは、普通なら魔術学院にでも行かなければ理解することは難しいものだからな。

それか、魔導具店で見習いでもして、身につけるか。

後者ならそれなりに大きな街だと可能かもしれないが、さすがにエメル村には魔導具店なんて存在しない。

ともあれ、まずは村人たちのスキルシードを調べるか……。

「最初はわしでお願いしますじゃ」

広場の中、最前列に並んでいた人物がそう言った。

「村長。貴方もですか」

そう、その人はつい先日、森に道を築いてもいいか許可をしてくれた、村長だった。

まさか彼まで来るとは予想外だったが……。

普通、さすがに村長クラスであれば小さな村でもスキルシードを調べるものだからな。

しかし村長は言った。

「ええ、お恥ずかしながら、わしはスキルシードを調べてもらったことがなくて」

「村長でいらっしゃるのにですか？」

「はい。そもそも、わしが村長の職にあるのは、先代の兄が早世してしまったためですので……。兄はしっかりスキルシードを調べておったのですが、わしの方は……」

「なるほど、そういう事情でしたか……であれば、まずこの板のこの部分に片手を乗せてください。ええ、右手でも左手でも構いません。三十秒ほどそのまま待っていただければ、スキルシードが表示されますので」

教会の《スキルシードチェッカー》は作りが違っていて、手を乗せる部分と、結果が表示される部分が分離され、結果は教会の司祭が見て、それを伝える、というやり方がなされる。

その方が教会の権威が高まるからだろうな。

だが、俺にはそんな面倒くさい方式を採る理由がないので、結果が判明すればすぐに本人が確認できるようにしておいた。

ただそれだけに注意は必要だ。

「そうそう、言い忘れていましたが、自分のスキルシードについてはあまり喧伝しないことをお勧めします。村長はおわかりかと思いますが……」

「あぁ、わかっております。場合によっては悪人に利用される可能性があるからですな？」

さすがに村長は理解しているようだった。

その通りだ。

「ええ、悪人だったらまだいいというか、明らかに問題があるので逃げるという選択もできますが、そうではなく、貴族や教会に引き込まれることもありますので……大きな声では言えませんが」

「なるほど……聖女のスキルシードなどを持っている場合は、そのようなことになるとよく聞きます。これは村人たちにはしっかり説明しておかなければなりませんな。わしが最初でよかったかもしれません」

「そうですね、どうかよろしくお願いします……あ、スキルシード、表示されたようですよ」

話している間に解析が終わったようだ。

わずかに《スキルシードチェッカー》の板が光り出し、そこに結果が表示される。

村長はそれを小さな声で読む。後ろに並んでいる村人たちとは少し距離を取るように言っておいたので、村長の声はそこまで届かない。

「これは……《統率者》ですかな。ふむ、聞いたことがないスキルシードですが……」

首を傾げる村長に俺は言う。

「ほう、《統率者》ですか。これは珍しい。いいスキルシードですよ。色々な可能性があります。たとえば、それこそ今、ついておられる村長のような職業に向いています」

「そうなのですか」

もちろん、それだけではないので俺は続けた。

「他には、軍などの指揮統率者にもかなり向いていると言われていますね。そのため、このスキルシードを持つと教会などで判明すると、それこそ貴族や軍からのスカウトがひっきりなしです。さすがに今の村長に、ということはないでしょうが……内緒にしておいた方が無難かもしれません」

立派なスキルシードを持つ者の需要は大きい。無闇に広めることは勧められない。

「これはまた……こんな老体に大層なスキルシードがあったものですな。調べてよかった」

「もっと若い頃にわかっていれば、とか思われませんか？」

意地悪な質問かな、と思いつつ、この村長がどう答えるか気になった。

「いや、思いませんな。そうなっていれば、わしはもっと無謀な人生を生きていたかもしれませぬ。今なら、村長には向いていたらしい、と前向きに捉えることができますから」

「そうですか……」

さすがだな、と思った。こういう人格だからこそ、《統率者》が宿っているのだろう。

俺に対して旧道の開拓を認めたのも、そこからくる先見の明があったからかもしれない。

辺境の村がこうして今もある程度の経済的ゆとりを持って存在し続けられているのも、彼がいるから、なのだろうな。

俺はそう思った。

村長はそして、少し頭を下げて、

「では、わしはこれで。みんなに先ほどの話もしてきます」

と言って去っていく。

「ぜひよろしくお願いします」

その後、村長の説明を聞いたらしい村人が楽しそうに俺の前に出てきて、村長と同じように板に手をついた。


「ふう、これであらかた終わったかな」

村人に対する、《スキルシードチェッカー》でのスキルシード調べも徐々に落ちついてきて、残りはもう数少ない。

村人たちは様々なスキルシードを持っていたが、どんなスキルシードだったとしても嬉しそうにしていたのが印象的だった。

王都でのスキルシード調べは、結構殺伐としているからな。

俺は自分のスキルシードについてはテリタスに調べてもらったが、《スキルシード判別の儀》に立ち会ったことはある。

俺が、というより勇者であるユークたちが立ち会うことで、よりよいスキルシードに恵まれますように、との験担ぎでよく招かれたのだ。

もちろん、現実にはそのような験担ぎなどに意味はなく、悲喜交々であった。

特に世間的に悪いとされているスキルシード、たとえば、《我慢》のような、効果が明らかでないものだったり、《穴掘り》みたいな非常に用途が限られている上に効果も弱いものを授かってしまった者たちは悲惨だった。

これが平民であればそこまで大きな問題にはならないのだが、貴族となるとまずいのだ。

親から期待されていたはずの子供が、その場で廃嫡を言い渡されることもあるくらいだ。

だが、エメル村においてはそのような悲しみが一切ない。

もともと、スキルシードに重きを置かないというか、調べることすらしない村民性だからだろう。

スキルシードなどに人生を左右されることがない、とわかっているからこその。

そもそも、スキルシードというのはなんなのだろうな。

神が授けた人間の可能性だというが、それによってひどい目に遭う人間がいるのは……いや、この考えは極端か。やめておこう。

「兄貴！　とうとう俺の番だぜ！」

最後のふたりになって登場したのは、キエザと……。

「クレイさん、私は別に構わなかったんですけど、父がせっかくだから調べてもらいなさいって……」

俺が居候していたグランツ家の娘、リタであった。

「ふたりとも、よく来たな。どっちから調べる？」

俺がそう尋ねるとキエザが手を上げた。

「じゃあ俺から！　本当は早く調べてもらいたくてうずうずしてたんだ。でも、調べたらすぐに兄貴と色々話したいと思って……それなら最後の方がいいかなって」

「なるほどな。それで我慢したか……まぁ残りふたりだし、ちょうどいいだろう。ほら、手をここに置け」

そして、ひとりずつ調べていくと――。

「《魔導剣士》？　これってどうなんだ？　いいスキルシードなのかな？」

まずキエザがそう言った。

続けて調べたリタは、

「《上位魔導具師》……ですか。私、魔導具作りなんてやったことないんですけど」

そう困惑したように呟く。

俺はそんなふたりに対して言う。

「ええと、まずキエザからなんだが……凄いぞ。《魔導剣士》は《魔法剣士》の上位スキルシードだ」

「上位スキルシード？」

「あぁ。一般的なスキルシードで有名なのは、《剣士》とか《魔術師》だろうが、これらには上位スキルシードっていうのがあってな。それぞれ《大剣士》と《魔導師》だ。で、《魔導剣士》はこのふたつの複合だって言われてる。俺もあんまり見たことないな」

「へぇ……なんだかわかんないけど、凄いんだな‼」

キエザは喜んでそう叫ぶ。

なんだかわからないじゃ困るんだが……まぁ変に増長されるよりはいいか。

王都で《魔導剣士》なんてものが出た日には、間違いなく騎士団やら貴族やらが勧誘にやってくる。鍛えれば騎士団長にすらなれるほどのスキルシードなのだから、当然だ。

だが、この話をするのはまだやめておいた方がいいだろう。

だから俺はキエザにそれ以上は説明せず、リタに言う。

「で、リタの方なんだが、それは読んで字の如くだな。魔導具師として上位の才能ってことだ」

「でも……私、魔導具を作ったことなんてありませんよ？」

「あぁ、その辺、勘違いされやすいんだが、スキルシードはあくまでも才能であって、現在の能力そのものじゃないんだ。だから、一度も剣を振ったことがなくても《剣士》のスキルシードを授かることはあるし、死ぬほど訓練してても授からない場合がある」

この辺りについては、悲しい話というか、ひどい話というか……。

心の底から魔術師になりたいと小さな頃から一生懸命願っていても、魔力を操る訓練をしていたとしても《魔術師》のスキルシードを得られないなんてことはざらだ。

そもそも、スキルシードがどうやって選ばれ、授かるのか、その仕組みは神々しか知らないと言われる。

解析を試みた者は大勢いるし、一定の法則性らしきものを見つけた、と言う者もそれなりにいるのだが、確実な法則を発見できた者はまだ、いない。

だから得たいスキルシードがあっても、いかんともしがたいわけだ。

逆に、まったく思ってもみなかったスキルシードを授かることもザラである。

そんなことを説明すると、リタはなるほど、という表情をした。

「そうなんですか……でも、《上位魔導具師》のスキルシードを授かった、ということは、私、魔導具作りについて才能があるってことですか？」

「そういうことになるな……よし、ついでだ。スキルシードとスキルとの関係について、簡単に説明しよう」

これにはキエザもリタも深く頷く。

俺は説明を始めた。

「まず、スキルシードだが、これはあくまでも才能にすぎない。自らの意志と努力によって鍛え上げなければ、どんな才能を持っていたとしても結実することはない。《剣士》のスキルシードを持っていても、剣を一度も振らなければ、まったく《剣士》のスキルシードを持たないが、相応の努力をしてきた者にすら敗北してしまうんだ」

「でも、だったらスキルシードの意味って……」

リタが首を傾げる。

「意味はあるさ。《剣士》のスキルシードを持つ者と、持たない者が同じだけの努力をすれば、これは確実に前者が勝つからだ。ただ……難しいのは、人間、まったく同じ努力を同じようにするなんてあり得ないってことだな。だから大まかには似たような努力に見えても、実は《剣士》のスキルシードを持たない者の方が工夫したりして、少しばかり努力をして質が優れていたりすると、《剣士》のスキルシードを持っている者が負けることもあり得る」

「うーん……」

「だから、どんなスキルシードを持っていたとしても、慢心したりはせずに、努力することが大事、ってわけだな」

この説明は、実のところ少しばかり異端だったりする。

世間では、スキルシードの力はもう少し強いと考えられる傾向にある。

《剣士》のスキルシードを持たない者は、どれだけ努力をしても、《剣士》のスキルシード持ちには勝てない。

そんな考えをする者の方が多いからだ。

これは確かに、正しく見える瞬間がある。

だが、俺は自分自身の経験を通して、その考えが間違っているという結論に至った。

これは賢者テリタスの理論を基にした考えなので、概ね合ってるのではないだろうか。

少なくとも勇者パーティーのみんなは、俺寄りの考えを持っている。実際に大したスキルシードのない俺が、魔王討伐までやり切ったところを見ているためだ。

もちろん、公言したりすることはないけどな。

そんなことをすれば、スキルシードを大切な神々からの贈り物と考えている教会などから大変な非難を受ける可能性がある。それは怖い、というか面倒くさかった。

俺の説明に、キエザとリタはなるほどと頷いている。

続けて今度はスキルの説明に入る。

「ふたりはスキルを知っているか？」

「え？　そりゃ知ってるよ。《魔術》とか《闘気術》とかだろ」

「うん、そうだよね。私もだいたいそんな感じって思ってるけど……」

キエザとリタはそう答える。

確かに、これは間違いではない。間違いではないが、正確でもないんだ、実は。

だから俺は言う。

「それは一面では正しいんだが、正確じゃない」

俺の言葉に、キエザは、

「じゃあ正確にはどんなものなんだ？」

と素直に尋ねた。

「スキルとは、スキルシードによって影響を受けるということが確定された技術を言うんだ」

これは一般的なスキルの定義である。

「それって……言ってることはわかるけど、わかりやすく言うとどういうことだ……？」

首を傾げるキエザに、俺は続ける。

「たとえば《魔術師》のスキルシードを持っている者は、《魔術》について成長しやすくなるわけだ。つまり、《魔術》は《魔術師》のスキルシードから影響を受けている技術だということになる」

これでもまだ、キエザは首を傾げているが、リタの方は理解できたらしい。

「ええと、じゃあ《料理人》のスキルシードを持ってる人がさっき村人にいましたけど、料理もまた《料理人》のスキルシードに影響を受けているから、スキルということですか？」

「よし、わかっているな。そうだよ」

これに反論したのがキエザだ。

「えぇ!?　そうなったら、この世のすべての技術がスキルってことにならないのか？　スキルシードから影響を受けそうな技術っていくらでも思い浮かぶぜ」

しかし、俺はこれに頷く。

「いや、それが正しいんだ。無数の技術が、スキルと言える。極端な話、ただ歩くだけ、というのもまたそうさ。歩行が速くなったり、静かに歩くことなんかもスキルになる」

「えぇ……じゃあわざわざスキル、なんて言わなくても……」

「それもそうなんだけどな。じゃあなんでスキルって言ってるかというと、いくつかのスキルについては特定されていて、これくらいできれば、スキルレベルがいくつです、って決められてるからなんだ。聞いたことはないか、スキルレベル」

これにはリタが答える。

「聞いたことはありますけど……どうやって決めるんですか？　さっきの《スキルシードチェッカー》みたいに、魔導具で調べるんでしょうか？」

「いや、実はこれは試験などで認定されるんだ。たとえば、《魔術》だと、土属性魔術を魔術師協会などで使ってみせて、それがどの程度のスキルレベルに該当するかを認定してもらう。一番弱い土属性魔術しか使えないならスキルレベル1、いっぱしならスキルレベル3、みたいな、そういう感じでね」

意外にこれが面倒くさいのだ。

ただ、戦闘において、自分がスキルレベルいくつにあるのか、というのを証明しておくことは大事だ。

行ける場所、受けられる依頼、手に入れられる情報、そういうものに関わってくるから。

だが、キエザが言う。

「でも、本当は高いスキルレベルなのに、認定してもらってない、なんてことも起こっちゃうんじゃないか？」

これは鋭い意見だ。だから俺は頷いた。

「あぁ、もちろんそういうことはあるよ。たとえば、この村だとアルザムなんかがそうだろう」

「え⁉　親父が？」

目を見開くキエザに俺は説明する。

「あぁ。あの人は普通に《闘気術》を身につけていて、身体強化や武具強化を使うことができる。これはその辺の剣術道場に行けば、《闘気術》のスキルレベル４は堅いと言えるくらいの実力だよ。だけど、アルザムはそんな認定、受けてないだろ？」

キエザは腕を組みながら答える。

「親父がそんなもの受けるとは思えないからなぁ」

「そういうことだ。だから普通にある。まぁスキルレベルの認定は、どこかに雇ってもらう時とか……あとは、冒険者になる時や、なった後に、有利な条件で依頼を受けるとか、そういう場合に役立つものだよ。料理とかもレストランとか貴族の専属料理人として雇われる時にあると便利だ。だけど、こういう村で普通に暮らしていく分には、なにも気にしなくていいことだな」

「なるほど……」

「おもしろいですね……あ、私の《上位魔導具師》だと、どんなスキルが……」

聞いてきたのはもちろん、リタだ。

「魔導具師が身につけられるスキルは結構多岐にわたっているな。一番わかりやすいのは魔導具製作だが、他にも錬金術とか、魔法薬製作とか、魔法陣製作とかね。製作系が多い。他には、魔力を使うから魔力操作とかもあるかな。まぁだいぶ細分化しているから、だいたいの人は一番重要なものについてだけ、スキルレベルの認定を取るけど。だからこの中だと、魔導具製作を取るのをお勧めするよ」

これは別に俺が魔導具作りが好きだから、というわけではない。俺は続ける。

「魔導具師はスキルシード持ちがそもそも少ないから、スキルシードを持っていて、かつスキルレベルもそれなりだと就職にまったく困らないな。まぁエメル村を出て就職するかは知らないが……リタなら、グランツが行商人なんだから、リタが魔導具を作って、それをグランツに売ってもらう、って方法もある」

「なるほど……」

頷くリタとキエザに、俺はその後も色々なことを説明していったのだった。

第五章　異変についての調査

それから俺は、辺獄の異常について調べることにした。

——そもそも、おかしいのだ。

なにがだって？　辺境の森に、レッドグリズリーなんていう、辺獄でも強力な方に属するだろう魔物が現れたことがだ。

辺獄に何度か入ってわかっていることだが、あそこは非常に魔力が濃密だ。辺獄で生まれ、成長した魔物は確かに強力な存在になるけれども、その代わりにあそこから出ればそれほど長い期間、生きられることはないだろう、という事実もある。

魔物というのは、魔力によって生かされている生命体だからだ。人と比べて、遥かに強力な身体能力や魔力を持っているのがザラなのは、それがゆえである。

しかしその代わりに、生息地が限られてくる場合が多い。強力な魔物は、強力な魔力が存在するところでしか、生きながらえることはできない。

それが基本なのだった。

この点、人は違う。

人は、どれだけ力を持っていても、魔力の濃い地域に閉じ込められるようなことはない。逆に魔力が低すぎると濃すぎる魔力の中に立ち入ることが難しいことはあるが、反対はないのだ。

それが、人の魔物に対する一番の優位性であった。

魔物が強い、人が強い、とよく議論になるが、その議論に答えはなく、要は、なににその生存を賭けたのかが異なるというだけの話なのだ。

それがゆえに、強力な魔力の漂う地域の魔物が、自らの生息地から外に出てくることは滅多にない。そんなことをすれば、自らの生存が危ぶまれるからだ。

ただ、例外がないわけではなく、今まで生きていた場所が、環境的に大幅に変化してしまって、出ていかざるを得ない、みたいなことはあり得る。

そしてそういう場合、魔物は突然変異を起こすこともあるのだ。

だから、絶対に魔物が辺獄のような危険地帯から飛び出してくることはない、という感覚でいるのはまずい。

とはいえ、今回のレッドグリズリーに関しては単体で辺境の森に出てきていた。

これは少しばかりおかしい。種としての生存が脅かされた場合、もっと多くのレッドグリズリーが集団で飛び出してくるのが基本だからだ。

一匹だけというのは……。

いや、まだ環境が大幅に変わった、とまでは言えず、その兆候が出ているだけで、敏感な個体が出てきたというのはあり得るかもしれない。

しかしそうだとすると、どういう理由なのかがわからない。だからこそ、俺は自分の目と耳で異変を確かめるべく、辺獄に入ることにしたのだった。

「静かだな」

とりあえずは、俺が建てた自分の家の周辺から見て回る。

といっても、俺は自分の家を建てるにあたって、周囲の魔物をほとんど排除した。危険な植物や虫の類についても、申し訳ないが駆除させてもらった。

その上でしっかりと結界を張り、自分の家の安全を確保した。

そうでなければ、辺獄に住むなんて考えられないことだからだ。

村人からしたら、もしかしたら、俺がここに住むのが楽勝に見えているかもしれないが、実際には死と隣り合わせであることは誰よりも理解している。

だからこそ、今のところは俺ひとりで住んでいるのだ。

いつの日か、俺以外の……それこそ、一般人も住めるような状態に整備したい、と思っているが、今の状態では夢のまた夢だ。

せいぜい、キエザやリタを昼間にちょっと招くくらいが関の山である。

それくらい危険なのが、ここ、辺獄という場所なのだった。

「とはいえ、他に魔物の姿はないな……この辺りまで切り開いてもなんとかなるか？」

ある程度周囲を歩き回り、そんな印象を抱く。先日はゴブリンとかが巡回していた区画だが、俺が駆除したらいつの間にか消えていた。

まぁ、今まで住んでいた場所に急に襲いかかってくる悪魔のような存在が現れたら、魔物といえどここに住んでいたとしてもさっさと場所を変えるか。

魔物たちからするととんでもない化け物が現れたような状況だからな、俺という存在は。

そう思うも、俺に退く気はない。

そもそも、魔物というのは、人間にとって資源である半面、他のどんな危険や災害よりも身近な、生存を脅かす天敵に他ならない。

確かに魔物がすべていなくなれば、魔石をエネルギー源とし、また魔物素材を加工して生活している人間は困るけれども、だからといって人間全体が食うに困るということにはならないだろうと言われているくらいだ。

魔物は、人間が定住すると襲いかかってくるし、農業を行えば、その実りを奪いにやってくるからだ。魔物がいなければ、その辺りについての心配がなくなり、農業や経済が今とは比べものにならないほど発展するのではないか、とまで言われている。

もしかしたら絵に描いた餅かもしれないが、それを信じたくなるくらいには、魔物による被害が大きいのだ。

人だって毎年何人もの大勢が死んでいる。

その人々が生きていたら……労働力として非常に大きいし、そうでなくてもその中には有能な人材がいて、人類の生産性を大幅に上げたかもしれないだろう。

そういう諸々を考えると、やはり魔物は人類にとって最大の害悪なのだった。

そんなことを考えながら俺は周囲を見回し、叫ぶ。

「おい！　いい加減出てきたらどうだ！」

別に独り言というわけではない。

以前、アルザムと家にいた時に感じられた視線。その主が、今でもずっと俺を監視していることを、俺は察していた。辺獄から出ればその視線はなくなるが、辺獄に入り込むと、再度監視の視線が向けられるのだ。

今まで、俺はこの視線に気付いていながら無視してきた。

これは特に実害を与えず、気にするまでもなかったからだ。

しかし、ここにきて事情が変わってきている。

もちろん、監視している者からの実害を感じはじめた、とかではない。

そうではなく、レッドグリズリーの出現についてだ。

あれは、この辺りではあくまでも辺獄の魔物。

そのため、あれが辺境の森に出たということは、辺獄からやってきたということになる。

だとしたら、辺獄でなんらかの異変が起こっているのではないか——

もちろん、俺の杞憂という可能性もある。

ただ、もしもなにか辺獄で異変が起こっているのなら……今の俺には知る術がない。

手段を選ばなければ、方法はあるが、その時には辺獄を荒らすことになるだろう。

もともと、辺獄を開拓するつもりでここにやってきた俺ではあるけれども、かといって、辺獄すべてを好き勝手に切り開いてこの土地すべてを支配したい、と考えているわけではないのだ。

辺獄はそもそも、そのほとんどが未調査だとはいえ、それでも様々な魔物や、特有の植生があることもわかっていて、それらの自然環境については十分に大切にして共生したいと思っている。

だから、辺獄すべてを切り開く、というよりは、人が生活するのに必要な場所だけを開拓し、この辺獄という環境と共に生きていくことを目指している。

だから俺は、俺を監視している何者かの話をまず聞きたかった。

しばらくの間、その場で待つことにした。

こういうのは根比べであることを、よく知っているからだ。

勇者パーティーで旅をしている時も、こういうことはたまにあった。

いくら俺たちが勇者パーティーで、魔王討伐を目的に旅をしていたとはいえ、どんな相手からも好意的に見られる、というわけではなかったからだ。

魔王も確かに人類の敵ではあったし、人類の絶滅を掲げて戦っていると言われていたが、実際に俺が旅の最中で見た感想を言うのなら、どうもすべての人間に対して敵対的かというと、そうとも言えないところがあった。

とある人族の村を訪ねると、一見して平和そうな普通の村だったが、実は魔王軍から仕事を任せられていて、しかもかなりの報酬をもらって幸せに暮らしていた、なんてこともあった。そういうところに知らずに足を踏み入れてしまって、それこそ暗殺されかけるとかよくあったからな。

けれどだからといって、そういう村の人間たちをどこまで責められるかという問題もあった。だいたいが国や領主の横暴によって、普通にやっていたら暮らしていけないような状態に陥った時に魔王軍から話を持ちかけられて仕方なく、という場合も多かったからだ。

アルトニア王国内であれば、ユークが色々とフォローできたが、そうでない場合は難しい話になることも多かった。

救えなかった人たちも大勢いた。

そのまま、見ないふりをして去った方がよかったのではないかと思うこともたくさんあった。魔王討伐の旅は、絶対悪を滅ぼす正義の旅のようでいて、実際にはそんな泥くさいものだった。

そして、そういう現実的な戦いを、ユークたちは王都で、またこの世界で続けていかなければならないのだ。

人間というのは、どうして争いなどせずに、ただ笑って暮らしてはいけないものだろうか、と思ってしまう。

まぁ、それを言うなら、辺獄を切り開こうとしている俺も俺だが。

結局、好きに生きている魔物を排除して人間の住まう土地に変えようとしているだけだからな。魔物たちからすれば、たまったものではないかもしれない。

難しい話だ。

そんなことを考えながら、たき火をして、先ほど狩った魔物の肉を焼いていると、

「ご相伴にあずかってもよろしいでしょうか？」

後ろから声がかけられる。

もちろん、俺はその気配に気付いていた。

声をかけられるまで振り返らずにいたのは、相手を必要以上に警戒させないためだ。

まぁ、監視に気付いている、と大声で叫んだ時点でもう警戒されているだろうけどな。

振り返ると、そこにいたのは……。

「構わないとも……なるほど、エルフか。これは意外だったな。確かに強い魔力を感じていたが」

水色の髪に青い瞳、そして尖った耳を持つ美貌の種族、それがエルフだ。

そこにいたのはまさにそのような種族の特徴すべてを完璧に持った女で、立ち上るような高

貴さまで湛えている。

エルフの主な生息地は深い森だが、世界的に知られているエルフの国――エルフィラ聖樹国というのがあり、大半のエルフはそこにいると言われている。

だからこそ、こんなところ……辺獄などにいるというのは、意外だったのだ。

俺の言葉にそのエルフはふっと微笑み、

「意外と言いたくなるのは私の方です。失礼ながらずっと監視していましたが……人族が、この辺獄をまるでピクニックのように歩き回っている姿は……なんと言いますか、意外を通り越して異様ですらありました」

そう言った。

監視していた、という事実についても特に隠さず口にしたことから、しっかりと交流を持ってくれる意志があるようだと察する。

「森歩きは慣れているんだ。長く旅をしていたからな……さすがに辺獄ほど広大な危険地帯を歩いた経験は少ないが」

「少ない、というのはそれなりにあるということですね……」

「まぁ、な。おっと、自己紹介が遅くなった。俺はクレイ・アーズ。ここ、辺獄を開拓し、人が住める地域にしようと考えているしがない……なんだ、無職だ」

しがない冒険者だ、とか戦士だ、とか言おうかと思ったが、よくよく考えてみると現状、俺の職業は無職であった。

戦士だとは言えるかもしれないが、別にどこかの団体に所属しているわけでもないし、魔術も使うのでただの戦士という感じでもない。

色々考えた結果、無職と名乗るしかなさそうだ、という悲しい現実に行き当たった。

いや、辺獄を多少でも切り開いているのだから、小さな領主と言えなくもないが……。

そんな風に葛藤する俺に、エルフの女は言う。

「クレイさん、ですね……名乗られたならば、名乗り返すのが礼儀というもの。私はこの辺獄に住まうエルフ、ヴェーダ族のシャーロット、と申します。以後お見知りおきを」

流麗な仕草で頭を下げた彼女の様子には、やはり高貴さを感じた。

エルフという種族は全体的に洗練されているが、今まで見たエルフの中でも群を抜いているようにも思える。

まぁ、だからなんだという話なのだが。

それにしても驚いた。

「ヴェーダ族のシャーロット、だな。シャーロットと呼んでも？」

「ええ、構いません。私もクレイさんとお呼びしましたから」

「わかった。シャーロットは……聞き間違いでなければ、辺獄に住んでいるということだが……本当に？」

そう、驚いたのはそこだ。

こんな地獄のような土地にわざわざ居を構える種族がいるなど、今まで聞いたことがなかった。世界中の誰も知らないはずだ。

そう思った俺に、シャーロットは頷いて答える。

「ええ、ここに住んでおります。それなりに深い部分にはなりますから、人族には見つけることが難しかったのだろうと思いますが……。この森は人族が思っているよりもずっと、賑やかな場所ですよ」

「賑やか？」

「ええ。人族は深く入り込まない……いえ、入り込めないから知らないでしょうが、ここには様々な種族が住んでいます。私が知るだけでも、私たちエルフに精霊、獣人に……あぁ、魔族もいるのではないかと言われていますね」

これは驚くべき話だった。

いや、必然だろうか。

アルトニア王国には、他種族差別や人族至上主義のような考えは薄い。

しかし他国においてはその限りではない。

特に、エルフはその美しさゆえに狙われることが多いし、獣人はその身体能力の高さゆえに狙われることも多い。魔族など、言うまでもない話だ。人族の天敵として、見つかれば確実に倒すようにと言われる。

そんな種族がどうにか平穏に生きていこうとしたら……辺獄のような場所しかない、と言われれば納得がいく気はした。

しかし……。

「そんなに多くの種族が生きていけるような場所なのか、辺獄は。少なくとも、人族が何度となく足を踏み入れようとして失敗し続けた恐るべき未開地域だ。それなのに……」

俺のそんな疑問に、シャーロットは答える。

「もちろん、簡単ではありません。ですが、エルフにはエルフのやり方があります。他の種族も、きっと似たようなものでしょう」

「推測なのか？」

「辺獄に住まう他種族と、我々エルフは交流がありませんので……それでもたまに見かける獣人族は慣れた様子で辺獄を行き交っていますから、なんらかの方法で定住しているというのはわかる、ただそれだけの話です」

「なるほどな……」

これはおもしろい事実であると同時に、俺にとっては少しばかり困った話になる。

というのも、俺は辺獄を開拓するつもりなのだ。

先住民の存在というのは……こういう時、いつだって問題になってきたことを歴史で知っている。すでに彼らが辺獄をその領土としているというのならば、俺は開拓を諦めなければならないかもしれない。

そんなことを考えていると、シャーロットが俺に尋ねる。

「クレイさんは先ほど、この辺獄を……開拓し、人が住める地域にするためにやってきたとおっしゃいましたね？　それは本当ですか？」

ここで、俺は先ほどの失言を思い出した。

なんの気なしに言ってしまった言葉だったので、深く考えていなかったのが悔やまれる。

今さら、そんなつもりはない、と言っても通用するはずがない。

ここは正直に言うしかないか、と思った俺はシャーロットに頷いて言う。

「あぁ。そのつもりだ」

それを聞いたシャーロットの反応が、俺は少し怖かった。

そうですか、それならここで死んでもらいます、さようなら、と言われてもおかしくないだろう。

なにせ、これはある意味で侵略の宣言になってしまうからだ。

隣の国の人間が、ある日突然やってきて、お前の国の領地を開拓するから、と言ったらふざけるなとなるだろう。

それと同じことだ。

もちろん、どんな国も、ここ辺獄が誰かの土地であると認めてはいないので、法律的な話をするのならば俺を責められはしないかもしれない。

けれどそんなことはこの辺獄に住まう者たちにとっては、関係のない理屈だろう。

だから、次の瞬間、シャーロットがいったいどういう行動を取るか、つばを飲み込みながら俺は待った。

そして……。

「そう、ですか。それはまた奇特な方ですね」

彼女はそう笑った。

俺は驚いて、

「認めるのか？　なにか文句はないのか？　ここは、その……君たちの土地なのだろう？」

そう尋ねる。

するとシャーロットは少し考えてから、言った。

「私たちの土地、と言われると……悩ましいところがありますね。この辺獄の深いところに里を築き、住んでいるのは確かです。しかし私たちが所有しているのはあくまでもその里と、周辺ですから……自分たちが管理できない辺獄の領域まで所有権を主張することはできないかと」

「そういうものか」

「人族が法でどのように土地の所有について決めているのかは、知りませんけどね。私たちエルフにとって、森というのは恵みを与えてくれる場所ではありますが、同時に常に牙を剥いてくる敵でもあります。そんな場所を支配できるかと言われると、まぁせいぜい手の届く範囲くらいのものですよ」

「意外だ。エルフィラ聖樹国の連中はそんな感じではなかったが……」

エルフィラ聖樹国には勇者パーティーで足を踏み入れたことがある。

エルフたちにも出会ったし、話をしたこともちろんあった。

その上で俺が思ったのは、エルフとは相容れない、という事実だ。

確かに高潔であり、長命であるがゆえの思慮深さもある。

魔術や精霊術、それに弓術や細剣術などの腕についても尊敬すべきところはあった。

だが、彼らはあまりにも……なんというか、誇り高すぎる気がした。

自然との調和を重視し、自然を破壊するすべての行為を嫌悪し、樹木を伐採し家を建て、燃料にすることすらも認めがたい行為と考えていたからだ。

人族からすれば、現実的に考えて難しい話だ。

樹木というのは、人族にとって最も手に入れやすく、そして多くの用途で使える資源に他ならないのだから。

ちなみに、そんなエルフがどうやって自分の家を持っているかというと、魔術や精霊術によって樹木を操り、ツリーハウスを作るのだ。

結果、樹木を切り落とす必要などまったくなく、また明かりをとったりするのにも魔術や精霊術で賄う。燃料など必要としていないのだな。

もちろん、彼らとて馬鹿ではないから、人間が樹木を使わざるを得ないことは理解している。人族には魔術や精霊術などまったく使えない者が多数いることも知っているし、そのような場合には当然、なんらかの方法でエネルギーを得る必要があることもわかっている。

だから、人族が自分たちの領域で樹木を利用するのは気に食わないと思いつつも、やめるようにとは言わない。

だが、彼らは結局人族という種族をそういう目で……一段低い種族として、見ているわけだ。

だからこそ、俺は彼らが苦手だった。

けれど不思議なことに、シャーロットにはそういうところが一切ない。

むしろ、人族のあり方に近いところを感じるが……。

そんな目で見ている俺に、彼女も気付いたのだろう。

少し微笑んで、シャーロットは言う。

「おかしいですか？」

「いや……その、エルフっていうのはもっと……」

「プライドが高くて高慢ちきで気に食わない？」

「悪いな。文句を言いたいわけじゃないんだ」

そう言うと、シャーロットは笑みを深くし、

「わかっていますよ。まぁ、外のエルフは、そういう風になってしまっていますよね……」

と微妙な表情で言った。

「それはどういう……」

「うーん、これについてはちょっと説明が長くなりそうなので……ただ、私たち、辺獄に住むエルフは、先ほど説明したような感覚で辺獄という土地を捉えています。ですから、いいんじゃないですか、開拓。そういうことでしたら、変に監視なんてしなくてもよかったです」

「そういえば、ずっと監視してたんだったな。あれはなんだったんだ？」

俺が辺獄を開拓することに文句がないというのなら、必要のない行為だったのではないか。

そう思っての質問だったが、シャーロットは言う。

「単純に、恐ろしかったんですよ」

「恐ろしい？」

「そうです。クレイさんは、気付いていないのですか？　貴方の回りには……大量の精霊が集まっていますよ。これは私たちエルフでもまずあり得ないことです」

「精霊？　本当か？」

これは意外な話だった。

なにせ、俺には精霊が見えない。

精霊はこの世のどこにでもいるが、人には見えない存在であるが、強大なものになると意志と自我を持ち、人の前に現れたりすることもある。

そして、彼ら彼女らは、精霊術によって使役することができる。

精霊術はエルフが生まれた時から保有しているスキルであり、基本的に彼らしか使用できないとされる。人族がスキルシードを持っているのと同じようなものだな。

「本当ですよ。その様子ですと、精霊、見えないんですね？」

「まったく。エルフの専売特許だろう、精霊術は」

とはいえ、テリタスは見えると言っていた覚えがあるな。精霊術が使えるかどうかは知らないが。ともかくあれはなんというか、完全に別枠だ。あいつには俺の周りにいる精霊が見えていたのかどうか。見えていて、そんなに異常に集まっているなら言いそうだし、ここに来てからそんな状況になったと考えるべきかもしれない。

「まぁ、そうなんですが……人族でもごく稀に使える人はいますよ、訓練次第で」

「本当か？」

「ええ。ですけど見えないなら難しいかもしれませんね」

だとすればテリタスは使えるのかもしれないな。使っているところを見なかったのは、魔術の方が練度が高いからだろう。

「挑戦してみたいところだが、今はいい。それより、俺の周りにたくさんいるのが問題なのか？　別に精霊術など今の俺には使えないのだから、問題ないように思うが」

精霊は使役できなければ意味などない。

使えれば魔術よりも大規模で強力な結果を生み出すことができると言われているが、使役できないならなんの意味もない。

しかしシャーロットは言う。

「普通の数なら、確かにそうなんですけどね。ここまで多いと、存在しているだけでもそれなりの影響がありますよ」

俺は気になって尋ねる。

「どんな影響が？」

シャーロットは少し考えてから答えた。

「古い話になりますが……精霊にひどく愛された《愛し子》という存在が人族にいたのですが……彼女がひとたび感情的になると、周囲に大雨が降ったり、ものすごい高温に包まれたりしたという話があります。さらに、最後には彼女を中心として周囲数キロメートルが爆散し、なにもないクレーターと化したとか」

「危険すぎないか？」

普通に人間爆弾みたいなものだ。

シャーロットは頷いた。

「危険ですよ。だから監視していたんです。辺獄といえど、精霊の影響からは逃げられません。ましてや、貴方は辺獄を歩き回っているのですから、いつどこでその爆散が起きるかどうかもわからないのです。理解していただけましたか？」

「よく、わかったよ……だが、俺にはどうしようもない話なんだが。精霊を散らす方法はないのか？」

なさそうだな、と思って聞いたのだった。

しかし、シャーロットは、

「ありますよ」

とあっけらかんと言う。

「あるのか」

俺が驚いて尋ねると、シャーロットは続ける。

「ここに腕輪があります」

そう言って、服のポケットから精緻な装飾の施された腕輪を取り出した。

見れば、かなりの魔力が練り込まれた魔導具であることがわかった。

ただ、作りは不思議というか、見たことがないものだな。

テリタスに魔導具作りを学んだ俺に、ぱっと見で効果が見抜けないものは珍しい。

少なくともこういう用途だな、というのはだいたいの場合、見ればわかるのだが……。

そんなことを考える俺に、彼女は続ける。

「これは精霊の腕輪。本来は、精霊を集め、精霊術の効果を上昇させるものですが……」

「駄目じゃないか。逆効果だ」

「いえ、精霊を集められるということは、逆に散らすこともできるのですよ。これを嵌めれば、クレイさんも精霊に少しばかりお願いを聞いてもらうことが可能になるのです。精霊術というにはちょっとしょぼいことしかできないかもしれませんが」

「つまり……あれか。これを嵌めて精霊に、散ってくれ、と頼めばその通りになると？」

「ええ。他の命令……水を出してくれとか炎を出してくれとか、そういう指示を聞いてもらうには、それなりの修行が必要ですが、あくまでも散ってほしい、というだけなら、すぐに可能です。ですから、私としてはこれを嵌めて、すぐに精霊たちに指示を出してほしいのです」

「別に構わないが……」

言いながら、ピンとくるものがあって、俺は尋ねる。

「もしかしてそのためにずっと俺の監視を？」

つまりは、大量に精霊の集まっている危険人物を排除するか、精霊の腕輪を渡して交流を持つかを見極めていた感じかなと。実際、シャーロットは言う。

「ええ。もちろん、危険なことが起こらないように、というのもありましたが、人格に問題がなさそうなら、すぐにでもこれを嵌めてもらおうと思っていました」

「人格に問題があったら？」

恐る恐る尋ねると、彼女は静かに答える。

「排除しよう、とは考えていましたね。そもそも、辺獄の土地の開拓自体に反対はしないとはいえ、人族の強欲さについてはこの森に住むエルフも問題視しています。そういう輩については、歴史上何度も排除してきましたから」

「俺はいいのか」

俺は首を傾げて尋ねる。

「ここまで話して、貴方には邪心がない。それは貴方の周囲の精霊を見てわかります」

「精霊を見てなにがわかるというんだ」

「精霊は人の感情に影響されますから。嘘があれば動きがそのような動きを見せるんです。精霊術を使えれば精霊の動きも抑えられますが、クレイさんには無理ですからね」

「そういうものなのか。あぁ、そうだ。そういえばこうやって交流を持とうとしていたのには、こっちにも理由がある」

「なんでしょうか？」

「最近、この辺獄で変わったことがないか、聞きたかったんだ」

シャーロットと多少打ち解けたところで、俺は話題を変えた。

彼女は俺の質問に首を傾げる。

「はて？　どうしてでしょうか？」

「いや……つい先日、辺境の森でちょっとした事件が起こってな……」

そして、キエザがレッドグリズリーに襲われた一件について、説明した。

シャーロットは難しそうな表情をしていたが、聞き終えると言った。

「なるほど、そのようなことが……確かに変わったこと、というか最近、辺境が騒がしいのは感じています。だからこそ、クレイさんにも気付いたのですが……」

「どういうことだ？」

「辺境のエルフは、辺獄の変化には敏感ですけど、さすがにクレイさんひとりが入ってきたくらいではそんなにすぐには察知できませんよ。ですけど、今回はそれができました。というのは、辺獄で魔物の動きがここのところおかしくて、いつもよりも広範囲を巡回していたからなんです」

「そういうことか……。しかし、魔物の動きがおかしいって、たとえば？」

「まさにさっきクレイさんが言っていた、レッドグリズリーなんかがわかりやすいですね。彼らは比較的強力な魔物ですから、群れとかは作りません。普段は一匹ずつ、ある程度の縄張りを持ってそこを活動区域としています。そして、その縄張りから出ることはあまりありません」

「それは知っているが……」

一応、ある程度の魔物の生態については、テリタスから色々と学んだからな。

ただ主に倒し方に偏っていたのもあり、普段、魔物がどのように活動しているかを知るために必要な情報だけを叩き込まれたようなもので、抜けなども多いのだが。

シャーロットは続ける。

「ですけど、今、辺獄では、レッドグリズリー同士が戦っている姿がよく見られるのです」

「それっておかしいのか？」

「ええ。普段は、縄張りが被らないように距離を取っているんです。ですけど……」

「そうか、縄張りから出たり、縄張りが被ったりするような線引きをしはじめているから、結果的にそういうぶつかり合いが生じてる……？」

「まさにその通りです。ですから、お話に出てきたキエザさんがレッドグリズリーに辺境の森で襲われた、という件についてですが、それは辺獄での縄張り争いに敗北した個体が、辺獄にいられなくなって辺境まで逃げてきたということだと」

「辺獄にはいられないから、外の魔力が希薄だとわかっていても、辺境まで逃げるしかなかった、か……なんというか、魔物ながらに同情したくなってくるな」

今までは平和に辺獄で生きていたというのに、それができなくなって……というのは、悲しい話だ。

なにもなければ今も辺獄で暮らしていたというのに。

しかし……。

「いったいどうしてレッドグリズリーたちはそんな行動を？」

そんな疑問が浮かぶ。

これにシャーロットは、

「今はまだ明確にはわかっていません。ですが、魔物がそういう行動を取る理由はいつも同じです。自分たちの縄張りに、より強力な存在が現れた。そういうことだと」

「今までの縄張りにいられなくなる理由なんて、確かにそれくらいしかないか……どんな存在が？　魔物なんだろう？」

「それが、まだ発見できていなくて。ですから、余計に巡回を強化しているのです」

「そんなに強い魔物なら、簡単に見つけられるんじゃないかと思うんだが……」

多くのレッドグリズリーが恐怖を感じて逃げるような存在だ。

それほどの存在感がある魔物が見つからないというのは不思議な話だった。

「私もそう思うのですが……現実として見つかっていませんから」

「でも時間の問題だろう？」

エルフというのは、森の中においてはほぼ無敵だと言われる種族だ。

植物魔術を得意とし、精霊術も使え、武術としては弓の才能に長けていて、夜目も利くし、身軽だ。これ以上ないほどに森での活動に特化した存在だと言える。

そんな種族が追いかけているのだから、早晩、見つかるだろうと考えるのはなにも希望的観測ではないはずだ。

シャーロットも頷いた。

「そのはずです。理由がわかりましたら……クレイさんにもきっとお伝えしますよ」

「お、本当か。それはありがたいな……あぁ、でも今日はこうして会えたが、また違う機会になると……どうすればいい？」

人族の知り合いと違って、連絡手段がない。

人族同士の場合は、手紙を送ればいい。

馬車に託すでもギルドに頼むでも傭兵にお願いするでも、やりようがある。

しかし、今までここに住んでいることが露見してこなかったエルフたちに、いったいどうやって連絡をつければいいのか、というのは問題に思えた。

「クレイさんのお宅の場所はわかっていますからね。用がある時は、私の方から出向きますので、ご心配なく」

「そうか……。まぁ辺獄を切り開いて建ててしまっているわけだし、当然か」

「そうですよ。そもそも、私があそこを監視していたら殺気を飛ばしてきたのはクレイさんじゃないですか。漏らすところでしたよ」

「漏らすって。そんなに強く威嚇してないだろ？」

「いやいや……まぁ、そういうことでよろしくお願いします。今日は長くなりましたし、この辺りで」

シャーロットはそう言って立ち上がった。

「あぁ、すまないな。長話に付き合わせて……じゃあ、また」

俺の言葉に彼女は軽く頭を下げて、辺獄の奥へと消えていった。

俺以外誰もいなくなったたき火の前で、自分の腕を見る。

そこには確かにここに、エルフが来た証、つまりは精霊の腕輪が存在していた。

「ま、とはいえ最初から信頼で結ばれるというわけにはいかないよな。徐々に仲良くなっていく、それくらいを目標にしておくか……」

そうひとりごちた俺は、たき火の火を完全に消してから、そのまま自分の家へと戻ったのだった。

＊＊＊＊＊

次の日の朝。

——コンコン。

と、家の扉が叩かれる音がして、俺は目を覚ました。

随分と朝早い時間帯で驚く。

扉を開くと、そこにはアルザムとリタが立っていた。

「おぉ、ふたりともどうした？」

俺がそう尋ねると、リタが答える。

「すみません、こんなに朝早くに。それがですね、昨日の夕方に、村にクレイさんに用があると言ってお客様が来まして……。昨日の夜にもここを訪ねたんですけど、クレイさん、いなかったものですから」

「俺に客？」

「はい、今のところ村長宅に泊まっていらっしゃいます。村長からクレイさんを呼んでくるようにと頼まれまして」

意外な話だ。

これでも勇者パーティーの一員として、長い旅をしてきた身だから、世界中に結構知り合いがいる方ではある。ただし、勇者パーティーを解散した後、俺がなにをしにどこに行ったのか、知っている人間となると極めて少ない。

それこそ、勇者パーティーのメンバーくらいしか思い浮かばない。

しかし、あいつらは忙しいはずだし、こんな辺境に来られるはずはないのだが……。

まぁ、とにかく会ってみないと仕方がないか。

「話はわかった。会ってみるよ」

「お願いします。あまり待たせるのも失礼になりそうで、朝早くに来ることになってしまって申し訳ないです」

「失礼に？」

どういうことだ。客を待たせるのが失礼、という一般論はあるが、今のリタの話しぶりはそういう感じじゃなかったな。

首を傾げると、これにアルザムが言う。

「あぁ、特に話したわけじゃないんだが、チラッと見る限り、来たのは教会の神官っぽかったんでな。それでだよ」

「神官……ってことは……」

誰が来たのか、だいたい想像がついた俺だった。

＊＊＊＊＊

「クレイ！　随分と待たせるじゃない！」

村に戻り、村長宅に行くと、そこで待っていたのは俺の想像通りの人物だった。

つまりは……。

「フローラ。お前、なにしに来たんだよ……仕事はどうした？」

そこにいたのは、聖女フローラである。

見慣れない神官服を纏っているが、それ以外は王都で別れた時となにひとつ変わった様子はなかった。それがどこか俺をホッとさせる。

魔王討伐を果たした英雄として、なにか大きく変わってしまっているんじゃないかと、心のどこかで怖かったのかもしれない。

そんな俺に、フローラは言う。

「仕事？　そんなの大したもんじゃないからね。教会の権威のために説教がどうのって……誰がやっても同じよ。治癒とかの仕事はなんだかあんまり回してくれなくなったし。なら私がいてもいなくても誰も困らないはずよ」

「お前……聖ムグッ！」

聖女なんだからちゃんとやらないとまずいだろう、と言いかけたところ、即座に距離を詰めてきて俺の口を両手で塞ぐ。

どういうつもりだ、と思ってフローラの目を見ると、彼女はゆっくりと首を横に振った。

彼女の後ろには村長がいて、首を傾げている。

……なるほど、どうやら聖女だとバレたりしたくないらしい。

考えてみれば、聖女としてのイメージの強い、特注の聖女服ではなく、一般神官の神官服を着ているのだ。お忍び、というやつなのだろうとわかった。

これは俺の察しが悪かったな。

理解した俺が、フローラに頷いてみせると、彼女はゆっくりと手を退けて、

「……ま、そういうことよ。頼むわよ」

そう言った。

「構わないが……なんでなのかは気になる。まあ、とりあえずは……村長。この方を連れていっても構いませんか？」

俺が村長に尋ねると、彼は頷いた。

「もちろん構いませんぞ。あぁ、そういえば昨日、古傷の治癒をしてくださって……それに他の村人たちも同様にしていただきました。神官様、本当にありがとうございました」

そう言ってフローラに頭を下げた。

こいつ、そんなことをしていたのか。

まぁ、フローラは旅の途中も、傷ついた者がいれば無償で治癒していたからな。

そんなところも以前とまったく変わらないわけだ。

治癒系の法術を身につけた人間は教会に召し上げられることが多く、そのために一般神官がそれを使えても不自然には思われないのだ。

ただ、見る人が見れば、あまりの効果に疑念を抱くだろうが。

エメル村の住人は、治癒法術の一般的な効果など知らないから、普通に流しているのだろう。

偉い神官様が法術を授けてくださったと、それくらいで。

ともあれ、俺とフローラは村長宅を辞去し、そのまま辺獄にある俺の家まで向かったのだった。

「あ、あんた……なんて場所になんてもの作ってるのよ……!?」

俺の家を見て、フローラは目を見張った。

「なんてものって、ここに家がないと不便だろ。これから辺獄を開拓していくんだし。とりあえず今はまだ、ここだけしか開拓できていないが、これで俺も一国一城の主だ。どうだ、すごいだろう?」

エメル村の人々には偉ぶれないが、気心知れたフローラに対してなら、これくらいのことは言ってもいいだろう。まぁ、そうは言っても大したことでもないと思うが。

フローラでもやろうと思えば似たようなことはできそうだしな。

しかし彼女は言う。

「まだパーティー解散してひと月も経ってないっていうのに、あんたはもうこんなことを……。はぁ、辺獄が完全に開拓されるのも時間の問題ね、これは……」

「そうか？　フローラならわかると思うが、結構ここ、噂通りのやばいところっぽいぞ。そんな簡単に事が運ぶ気はしないな」

「まぁ、それはね。魔力が濃すぎるし。これは生息してる魔物も相当な強さでしょうね。でもすでにある程度探索したんでしょ？」

「あぁ。そういや、ここって誰も住んでないって話だったじゃないか」

「……？　ええ」

「でも、エルフが住んでたぞ」

「……えぇ!?　う、嘘!?　本当に!?」

俺の言葉にフローラは目を見開く。

「あぁ、本当だよ。昨日、そのエルフと色々と話してな。それによると他にも色んな種族が住んでるらしい。今まで誰も気付いてなかったのは奇跡だよな……いや、巧妙に隠してきたんだろうが」

「大発見じゃない……国に報告するの？」

「どうしたもんかと思ってな。ただ、エルフ的には話されると困るんじゃないかと思うし、黙ってようかなと考えているんだが……」

別に俺はエルフたちを困らせたいわけじゃないからなぁ。

エルフは非常に貴重な種族だ。

そのため、こんなところにいると知れたら、諦めた辺獄開拓を国が再開する可能性まである。

それに今なら、ユーク、テリタス、フローラという勇者パーティーがいるのだ。

この戦力があるのなら、辺獄開拓もできるのでは？　と思ってもおかしくない。

俺と同じ結論に達したのか、フローラも言う。

「私もあんたに賛成だわ。黙ってた方がいいわね。だいたい、それで国軍が来たら、あんたの辺獄開拓なんていう夢も吹っ飛ぶわよ」

「だよなぁ……報告しなくても、処罰されたりしないよな？」

「それについては問題ないんじゃない？　別にそんな罪なんて存在しないし。まぁ後で発覚したら嫌みを言う人間はいくらでもいるでしょうけど、処罰はできないと思うわよ。あぁ、辺獄開拓で手にした土地について、召し上げようとかいう奴もいそうだけど……コンラッド公爵とかね」

「あの人か……大人しくしてるのか？」

コンラッド公爵は、ユークの政敵である。

勇者パーティーが魔王討伐の旅をしている間、王宮で暗躍し、第一王子を国王にするためにひたすら動いていたらしい。

どうせ魔王なんて討伐できるわけないだろう、という目算でな。

結果として魔王討伐はなされてしまったので、彼の予測は大きく外れ、かなり政治的に弱体化したようだが、それですべてを諦めるような人ではないのもはっきりしている。

「少しの間は大人しくしてたんだけどねぇ……もう動き出してるわよ。ユークの名声を汚してやろうってね」

「マジか。いったいなにをしてるんだ?」

俺が尋ねると、フローラは説明してくれる。

「なんか、国民に第二王子殿下……つまりユークの強さを見せてあげましょう! っていう建前で、S級冒険者三人と戦わせようとしてるのよ。闘技場に国民を入れてね」

その話を聞いて、俺は呆れる。

あの人は……コンラッド公爵はいったいなにをやっているのだろうかと思って。

「そんなことしたって、無意味だろう。むしろ自分の首を絞めるだけだろうに」

「結局、なめてるのよね。魔王討伐なんて、大した功績じゃないって本気で思ってるのよ。だからS級が三人もいれば、ユークなんて簡単にどうにでもできるって」

「馬鹿な人だな。まぁ自滅してくれる分にはありがたくはあるか、ユークにとって」

「まぁそういうことでしょうね。ユークもノリノリらしいわよ。そりゃそうだろうけど……あんまり完膚なきまでに叩き潰すと、後で面倒くさいと思うんだけどね」

貴族というのは、面倒な生き物だ。

面子を大事にし、そのためだけに生きているようなところがある。

それを叩き潰せばどうなるか。一族総出でユークの嫌がらせに動くかもしれない。

それは考えるだけで面倒くさい話に思えた。

ただ、それでもユークはコンラッド公爵を真正面から潰しにかかるのだろうな。

だって……。

「他にやりようがないというか、こういう機会は巡ってこなさそうだしな。やるしかないんだろう」

「それはわかるんだけどね……ま、いいわ。そうそう、クレイ、その戦いなんだけど、あんたも見に行くでしょ？」

「俺も見に行けるのか？　王都民だけとかじゃなくて？」

だいたい、闘技場で開かれるような試合で、王宮主催とかになると、招待されるのは王都民とかになる。王都民以外でもチケットを買えば入れはするのだが、大抵、すぐに売り切れてしまうからな。実質、客は王都民がほとんどになってしまうわけだ。

あとは、高額の転売チケットを買うとかになるが、そこまでして見に行きたいかと言われるとなぁ……。まぁ、せっかくの仲間の晴れ舞台だし、見に行ってやるか？

そんなことを考える俺に、フローラは言う。

「まだ詳しいことは決まってないからなんとも言えないけど、その時は私がしっかり席を確保してあげるわ。それくらいの力はあるもの」

「おぉ、そりゃ助かる」

確かに今のフローラなら、簡単だろうな。

なにせ、魔王を討伐したパーティーの聖女様だ。頼めばチケットくらい融通してくれるか。

しかし……。

「あ、あんまりいい席すぎるのはやめてくれよ。聖女様の近くのＶＩＰ席とかだとおかしいだろう」

「あんたなら別に問題ないんじゃない？」

「俺は勇者パーティーの荷物持ちで通ってるんだから、駄目だろうが。見やすい席は頼みたいが、そのくらいにしておいてくれ」

「仕方ないわね。わかったわよ」

「よろしく頼む……で、フローラ。お前いつまでここに滞在してるんだ？　そんなに長く王都を留守にはできないだろう、聖女様が」

気になっていたことを尋ねると、フローラは首を傾げて、

「え？　特に決めてないわよ。いたいだけいるわ」

そんなことを言ってくる。

俺は驚いて、

「お前……いいのか、それで」

そう尋ねるが、フローラはどこ吹く風だ。

「いいのよ。そもそも私、別に教会勤めとかクビになってもいいしね。もともと孤児院にいた

ところを、法術の才能に目をつけられて引っ張られただけだし。もう十分聖女としての役目は果たしたと思うし、あとは好きに生きても許されると思うのよね」

確かに、フローラは十分にその役目を果たしただろう。

魔王討伐という、誰にもできなかった偉業の一端を担ったのだから。

これでまだ役目を果たしていないと言える人間がいるとしたら、それは同じパーティーメンバーだった俺たちだけだと思う。

「それでも戻った方が、と言いたいところだが……それこそ好きに生きることにした俺が言えたことじゃないか」

「その通りよ。そもそもあんたが最大の功労者なのに、自由のために全部捨てて私たちにその分がのしかかったんだからね！　別に恨んじゃいないけど、ここに滞在くらいさせてよ」

「わかったよ。じゃあ、もう、いつ帰るかとは聞かないさ。好きなだけいてくれ」

「そうさせてもらうわ」

フローラはそう言いながら、胸を張って満足そうに笑ったのだった。

「ははぁ、なるほど。王都に居たときのお知り合いなんですね！　なんだ、私はてっきり……」

辺獄の畔にある俺の家のリビングでそう言ったのは、リタだった。

彼女は今日、ちょっとした用事でここにいる。

もちろん、彼女をここに連れてくるための護衛として、アルザムとキエザも一緒だ。

キエザの方は護衛としてはまだまだそれほど役には立たないが、それでもここまでの道すがら出るゴブリンくらいであれば、なんとか倒せる程度の実力はある。

「そうなの！　リタ、聞いてくれる？　クレイったらひどいのよ。王都でもしかしたら今後長い間会えなくなるかもしれないってことだったのに、随分とあっさりさよならってこっちに来ちゃったのよ。手紙を寄越すって言ってたのにそれもさっぱりだったし」

これは言わずもがな、勇者パーティーの聖女様、フローラの台詞だな。

聖女として、多くの人間と接してきたからか、彼女は非常にコミュ力が高い。初対面の人間とでもすんなりと仲良くなってしまう。

リタとも、もう昔ながらの友人のような距離感だ。

「そうだったんですか？　でもクレイさん、優しい人ですし、そんなに薄情な方には思えないですけど……」

リタのこの言葉に、俺は身を乗り出す。

「お、わかってくれるか、さすがはリタだ。俺だって別に手紙を送らないって決めてたわけじゃないんだよ」

しかしフローラは頬を膨らませる。

「じゃあどういうことよ。この家のどこかのテーブルか机の上にでもペンと紙が出しっぱなしとかにされてて、そこに【親愛なるフローラへ】とでも書いてあったら考えないでもないけどね。そんなもの一切ないじゃない」

「お前……家捜ししたのか？」

呆れた俺にフローラはため息をついて言う。

「家捜しされて困るほどものがないじゃない……そもそもあんたが自分で、ここに滞在するなら好きな部屋を見繕ってくれって言うから、ひと通り見ただけよ。さすがに私だって勝手に覗いたりはしないわ」

これでフローラは気遣いもきっちりできるタイプだ。

「あー、それもそうか。っていうか俺の部屋がどことも言ってなかったしな」

「あんたの部屋にしたって随分殺風景だったけどね」

「まだ家具も大して作ってないからな」

そのうち揃えればいいと思って後回しにしている。

作ろうと思えばすぐに作れはするのだけれどな。

「旅の頃から思ってたけど、身の回りのことに無頓着すぎるのよ……いえ、話がだいぶ逸れてるわね。それより、私への手紙は！」

強めに聞いてくるフローラに、俺は苦笑して答える。

「そうだった。いや、単純にフローラは今、忙しいんじゃないかと思ってさ。証拠じゃないが、

だから他のふたりにもなにも送れてないよ」

これは本心だ。

フローラも、ユークも、テリタスも王都で……いや、世界中でやることが多すぎる。

俺のために少しでも時間を割かせるなど、申し訳ないと思っていた。

だから手紙を書こう書こうとは思っていても、後回しにしてしまっていたのだ。

「……本当でしょうね？」

ジッとフローラが、俺と視線を合わせてくる。

〝絶世の美聖女〟とも酒場で呼ばれてたほどに整った顔が近づくと、さすがに長年、旅を共にしてきた俺でも照れてくる。

だが、ここで目を逸らすのはまずそうだ、という意識が働いて俺の方も力を入れて凝視した。

そんな時間がどれくらい続いただろう。

最後には、ふっとフローラの方が視線を外して、ため息をついた。

「今回のところは、それで勘弁してあげるわ」

「勘弁って……」

別に悪事を働いたわけでもあるまいに。

そう思っていると、

「本当に仲が良いんですね」

とリタが言った。なので俺は答える。

「まぁな。だって都合……四年か？　ずっと旅をしていたもんだから」

どこまで話すべきか考えたが、まぁこれくらいは言ってもいいだろう。さっき少し、旅がどうとか言ってしまったしな。フローラの方も、聞かれてまずいことを俺が言いそうだったら止めるだろうし。そもそも俺に失うものは何もないからな。

「旅ですか？　王都でのお知り合いってだけじゃなかったんですね」

これにはフローラが答える。

「色々事情があってね。随分長く旅をする羽目になったわ」

「それって……ふたりきりで？」

リタがそう尋ねるが、なぜかここでちょっとだけ空気がピリッとする。

しばらくの無言の後、フローラが首を横に振って答えた。

「そうだったらどんなに良かったか。そうすれば、こんな風に無理を通して押しかけてくるようなことになる前に、勝負を決めていたもの。実際には残念ながら、もうふたり、旅の道連れって奴がいてね。金髪貴族と、華奢な爺さんがね」

俺はその言い方に笑ってしまう。

もちろん、ユークとテリタスのことで間違いないが、それにしてもそんな言い換えをするとは。確かに大まかには間違ってはいないな。

金髪貴族というか、王族だし、華奢なのは加齢で骨と筋張っているとかではなく、少年の容姿なのでそれに見合った手足の細さというだけだ。

しかし、そんなことは普通、わからない。

もちろん、ふたりの容姿について世界中で知られてはいるものの、実際に見た者は王都から離れれば離れるほど少なくなる。

だから、俺が勇者たちと一緒に旅をした、なんて普通想像しないだろう。

それにしても、勝負とは？

何か勝負してたかな、と考えているうち、話は進んでいく。

リタが言った。

「随分と変わった面子だったんですね？　またどうして、そんなメンバーで旅を……」

「うーん、なんていうか、メンバーのひとりの金髪貴族が行かなきゃいけないところがあってね。でも、事情があって家から護衛とか出せなかったのよね。で、仕方なく私たちでって感じ」

やはり、大雑把だが間違いではない。

行かなきゃならないところが魔王城で、事情というのは、そもそも予言で決まったメンバー以外が行っても死ぬと言われてたというだけの話だ。

「色々あったんですねぇ……」

しみじみとリタが言った。

それからキエザがふと尋ねる。

「フローラさんが兄貴の知り合いだってのはわかったけどよ、なんのためにここに来たんだ？　俺が言うのもなんだけど、ここってなんにもねぇぜ？」

本来なら、聖女に対してこういう口調は許されない。

それを言うならそもそも俺がユークやテリタス、フローラにため口を利いてるのも駄目なんだが、あれはもうそうしろと言われてしまって、慣れてしまってるからな。

また、貴族相手とかでない限り、言葉遣いなどあまり気にしないものだ。それでも村長などが相手となると一応丁寧な言葉を使うが、別に普通に話してくれて構わないとか言われてしまうことが多い。向こうも普段から使い慣れていないから面倒くさいのだろう。

エメル村の村長は、そういう意味では珍しい方かもしれないな。村長だから、村の外の人間と話をすることが多くて慣れているのかもしれない。

そういう感覚からすると、キエザの口調は不自然ではない。

そもそも彼はフローラが救国の聖女であるとは知らないのだからどうしようもない。

今のフローラは先日と違って普段着だから、神官にも見えない。

「なにもないってことはないでしょ。少なくとも、クレイはいるもの」

フローラがそう言って俺の胸を軽く叩く。

「おぉ、なるほど！　確かに兄貴がいる場所なら追いかける価値があるな！」

「あんたわかってるじゃない！　っていうか、ずっと気になってたんだけど、兄貴って、どういうこと？」

「俺、兄貴の弟子になることにしたんだ！」

「弟子ぃ？　あんたが、クレイの？　へぇ……」

どういうことよ、という視線を俺に向けてくるフローラ。

これになにも言わないわけにもいかず、俺は言う。

「まぁ……その、そういうことだ。キエザはスキルシードが《魔導剣士》でな。見込みもある」

「認めてるのね……クレイが、弟子を……。これはあんた、相当運がいいわね……」

言われたキエザは頷く。

「おう、そう思ってるぜ！」

しかしそれにフローラは少し呆れた表情でため息をついた。

「本当にわかってるのかしら……いえ、わかってないでしょうね。あ、それより《魔導剣士》ですって？　またこんな……と言ったら失礼だけど、辺境の村の村人が持っているにしては、随分といいスキルシードじゃない」

「お、気付いたか」

俺がそう言うと、フローラはなにを当たり前な、という表情で呟く。

「あんたねぇ、私はこれで一応、スキルシードを調べる側よ？　まぁ、《スキルシードチェッカー》は私が作るわけではないけれどね」

あんたと、あんたの師匠なんかが作るものだものね、と続けたそうな目を俺に向けるが、俺は特に反応しない。

フローラは続ける。

「それで、結構スキルシードは見てきたけど、《魔導剣士》は極めて少ないわ。大体……そうね、十万人にひとりいるかどうか、って感じかしら」

「そんなに少ないのか⁉　知らなかった！」

キエザが驚いている。

一応、貴重なスキルシードだとは説明しておいたんだが……まぁ仕方がないか。

スキルシードは無数に存在する。有名なものや頻繁に見るものについては詳細まで知られているが、そうではないものはそもそも情報が少ない。

《魔導剣士》は後者になる。ただ、《魔導剣士》が強力なスキルシードであることは騎士団や傭兵など戦闘を生業とする者には知られている。

それは《魔導剣士》を持っている者が修行すれば、いずれ確実に大成すると言っていい才能であるからである。

フローラが驚いたのもそういうわけだな。

俺は言う。

「キエザもすごいが、エメル村の村人たちのスキルシード、かなりすごいものが多かったぞ。個人情報だからそうホイホイ話せはしないが……」

するとリタがそういえば、といった様子で言う。

「あ、私は《上位魔導具師》だそうですよ」

これにはフローラが目を見開く。

「えぇ!?　宮廷魔導具師も目指せるスキルシードじゃないの！　なんで辺境の村にそんな逸材が……」

「えっ、えっ、そんなにすごいんですか？」

慌てた様子のリタに、俺は説明する。

「だから、むやみやたらにスキルシードを人に話すとまずいんだよ。俺が冗談で言ってると思ってたのか？」

「いえ、そういうわけじゃないんですが、少し大げさに話されていたのかと……」

「フローラが来てくれてよかったな。これが、普通の都会の人間の反応だよ」

「そうなんですね……」

そんな風に話しているとフローラが少し大きめの声で言う。

「ちょっと！　どういうことか説明しなさいよ！」

もちろんこれは、エメル村の村人が異様に強力なスキルシードを持っていることについて、だろう。

ただ……。

「説明しろって言われても困るんだが。スキルシードは神が与えた才能なんだろう？」

聖女に対して、これ以上の台詞はないだろうと思って言った言葉だった。

けれどフローラはそれでは引かないらしい。

「あんた……なにか掴んでるでしょ？」

「え？　いやぁ……別に？」

「そのごまかし方は知っていることを言わないときのクレイだわ！　旅の途中でも爺さんがギャンブルでスッカラカンになったこともギリギリまで黙ってたじゃないの！」

「あれは……悪かったよ。黙っててくれって土下座で頼まれてしまったからさ……」

《賢者》とまで呼ばれる人物が土下座までするのは当時の俺にとっては衝撃だった。

「そのせいでわざわざ聖水をその場で何瓶も作って売る羽目になったのを私は忘れないわ……」

聖水は高位法術によって作られる。

フローラほどの聖職者であれば作れるが、位の低い神官クラスだと難しい。

「でもあれってほら、秘密の迷宮の場所を知ってる賭場の元締めと会うための巧妙な作戦だったじゃないか」

だから俺も叱れなかった。

テリタスは賢者。どんな行動にも深謀遠慮が隠されている。

一見してろくでもない行動でも、後々になるとその行動に深い意味があったことがわかる。

だから心の底から怒ることは難しかった。

それはフローラも理解しているようで、ため息をつく。

「それは……そうだけどぉ……って！　話を逸らそうとしたわね⁉　今はそこじゃないわよ！」

「騙されなかったか」

「話の上手さまで師匠譲りになってきたわね……まぁいいわ。それよりほら、話しなさいよ」

「わかった、わかった。ええと、エメル村の村人に、いいスキルシードが宿ってる理由だな？」

これにはフローラだけでなく、リタとキエザ、それにアルザムも興味深そうな表情をする。

話しても別に損をするようなことでもないし、いいか。

「ただ一応言っておくが、これはただの仮説だ。実証してないから、間違ってる可能性もある。

そう認識しておいてくれ」

「構わないわよ。納得できればそれでね」

「よし。じゃあ……といっても、そんなにものすごい秘密があるってわけでもないけどな。理由は簡単だよ。エメル村が辺獄の近くにある村だからだ」

「は？　説明になってないんですけど？」

「今から詳しく説明するって……。スキルシードが宿る理由、それは神からの恩寵だって前提があるよな？」

これは、教会が広めている話だ。

だからみんなが知っている。その教義を広めるために、教会はわざわざ洗礼と一緒に無料でスキルシードを判別し、民衆に教える。

悪辣な布教……とまでは言えないだろう。

スキルシードを知ることはメリットがありこそすれ、本来デメリットなどない。

どうしようもないスキルシードだったとしても、それは調べる前から本人の中にあったもの。

なにか体が変化するわけではない。

俺の言葉にフローラが頷いたのを確認して、続ける。

「俺も基本的にはその考えには反対しないんだ。その上で聞いてほしい」

「妙に渋るわね……で？」

身を乗り出すフローラ。

俺は言う。

「スキルシードは、神の恩寵にしろなににしろ、生まれた時、もしくはお腹に宿った時に備わるものだ。ただ、そんなものが備わるためには必要なものがあるんじゃないか、と俺は思っている」

「必要なもの？　なによ」

首を傾げるフローラに俺はひと言告げた。

「魔力だよ」

「あぁ……まぁそれはね。どんな生き物でも魔力は確実に持っているわ。だから生命が生まれるためにはそりゃ、必要不可欠でしょうけど……」

「そういうことじゃない。そうではなくて、スキルシードは魔力を源にして、宿っているんじゃないかってことだよ」

俺が言いたいのは、スキルシードは魔力という材料によって作られているものなのではないか、ということだ。

その意味をフローラはすぐに理解し、そして考える。

「なるほど……うーん、でもそれはどうなのかしらね。もしそうだとするのなら、他の種族にだってあってもいいじゃない。でも、スキルシードを持っているのは、基本的には人間だけだわ」

確かに鋭い指摘ではある。

だがこれについて、実のところすでに俺は説明していた。

それはつまり……。

「だから神の恩寵であることは否定しないのさ。他の種族には、他の種族の神の恩寵がある。

人間の恩寵はスキルシード。ただ、得られるスキルシードの強力さは、魔力に基づく」

「まぁ、そこまでは仮説として受け取っておくとして、エメル村の村人のスキルシードの強力さは？」

「ここにいるんだから大体ここまで言えば推測できるだろ？」

フローラはかなり賢い方だ。

勇者パーティーでは最高の知識人としてテリタスがいたからそれほど目立たないが、彼女も教会で相当な教育を受けている。もともとは孤児院の出だが、それでもただ法術の才能だけでは聖女にまで上り詰めることは不可能だ。それなりの努力がある。

フローラは言った。

「なるほど、辺獄から流れてくる魔力のせいってこと……？　でも、辺獄の魔力は、この辺獄と辺境の境目でだいぶ違っているわよ。辺境側なら、十分に魔力の低い人間でも生活できるくらいだわ」

確かにそれはそうなんだが……。

「それでも、若干麻痺してるな。エメル村がある辺りの魔力濃度は、正確に測定すると王都の十倍以上はあるぞ」

「え!?　本当に!?」

「本当だ。まぁ気付かないのも仕方がないと思うけどな。なにせ、王都から辺境に近づくにつれて、徐々に魔力濃度が上がっているから……。低温から少しずつ茹でられて、気付かずに沸騰したお湯の中で茹で上がる蛙みたいな話だ。とはいえ、それでもエメル村周辺は濃すぎるほどに濃いが……」

あの辺りに最初、住み始めた頃からああだったのだろうか？

そうだとすれば、その頃には相当数、不調を訴える人間もいたはずだが……。

村の歴史については、そのうち村長にでも聞いておきたいな。

そうでないと、辺獄を切り開いて人の住める土地に、という俺の夢は叶わない。

「クレイの話が本当だとすると……確かにエメル村の人たちのスキルシードがいいものばかりなのも納得いくわね。魔力濃度のゆえ、か……。つまり今後も有望なスキルシードの持ち主が、たくさん生まれるわけね……」

少しなにかを企んでいるような表情のフローラだったが、俺は釘を刺す。

「教会から妙なスカウトをするなよ？　というかそこまで教会のためにって気はもうないんだろ？」

「……そういえばそうだったわ。ま、いずれ連れ戻されると思うけどね……」

若干諦め気味だが、本当にそうなった時、フローラはどうするのだろうか。

たとえどんな追っ手が来ようと、彼女が本気になれば振り切ることは可能なはずだ。

勇者パーティーだった人間は、およそ人間をやめている。

それが主に補助・回復役だったフローラであってもだ。

……まぁ、その時のことはその時に考えればいいことかもしれないが。

そんなことを考えていると、リタが口を開いた。

「あの、今のお話を聞いていると、自分のスキルシードが怖くなってきたんですけど……」

確かになにか脅すような部分があったような気がするな。

だから俺は落ち着かせるように言う。

「あぁ、悪いな。そこまで心配しなくていいんだ。むやみやたらに言わなければな。大体、都会の人間が、辺境にそんないいスキルシード持ちがいる、と聞いたところで多分そうそう信じはしないだろうし」

奴らには、都会の人間としての誇りが無駄にあるから。主に王都に住む宮廷貴族とか役人とかだな。王都に住む一般市民は、そこまでではない。

「そうですか……でも、村のみんなにも、一度ちゃんと説明しておいた方がいいですよね？」

「そうだな。俺も一々説明してたと思うんだけど、どうにも本気で受け取ってもらえてなかったみたいだしな……」

「それは本当にすみません……。ちょっと軽く考えすぎてましたね」

「いや、俺も簡単に言いすぎた。悪かった」

そこで、フローラが口を挟む。

「ふと思ったんだけど、そんな風に齟齬が生じたのって、スキルシードのすごさが実感しにくいからじゃないの？」

確かにそれはありそうだが……。

「エメル村の人たちに、実感させればいいって言うのか？　だが……」

「誰になにを、っていうので悩むなら、目の前に三人、いいのがいるでしょ？」

そう言ってフローラはリタとキエザ、それにアルザムを見る。

アルザムについては、フローラも関わる機会が多いだろうと先んじてスキルシードを伝えていた。だからこその提案だろう。

「確かにこの三人なら、色々とわかってもらえそうだな。特に、リタに関しては村人に分かってもらう意味でもちょうどいいかも。キエザとアルザムだと、魔物と戦ってるところを見ないとわかりにくいが、リタのスキルシードは《上位魔導具師》だ。魔導具を作ってもらって、配ったりとかすれば……」

「そういうことよ。あんたなら余裕で教えられるでしょう」

「まぁな。……ということでリタ、どうだ。本格的に俺から魔導具作りを教わってみないか？　今ならただで教えるぞ」

わざわざこう尋ねたのは、もともとある程度教えるつもりではいたが、本人が望まない限り、必要以上に教えようとは思っていなかったからだ。

今日リタがここに来た理由も、魔導具師について、色々と相談するためだった。

ちなみに最後に付け加えたひと言は冗談である。

俺だってテリタスに無料で教わったからな。まぁテリタスとしては、少しでも足手まといにならないように早急に俺を鍛える必要があったからかもしれないが。

リタにやりたいことがあるかもしれないし、俺が強制するような話でもないからと思っていたところもある。ただ、必要性が出てきてしまったので、できる限り早く教えなければならなくなった。

駄目なら別の方法を考えるまでだが、どうか……。

そんな気持ちでの質問だったが、リタは微笑んだ。

「お願いできるなら、よろしくお願いします。私、やってみたかったんです」

これは少し意外だった。

「スキルシードを調べた時はそんなこと言ってなかったが、心境の変化か？」

「いえ……魔導具作りを本格的に教わるなら、いったいどれくらいお金がかかるだろうか、とかそういうことを考えていたら、言い出せなくて。でも、村のみんなの役に立てるならって。

あぁ、もちろん、ただでなんて言いませんよ。おいくらになるかはわからないですけど、一生かけてもお支払いする覚悟で……」

「いやいやいや、さっきただで教えるって言っただろう？　そもそも魔導具を作れるようになれば儲かるぞ。もし仮に俺に正規に学んだ場合の学費分の謝礼を払いたい、という気持ちがあったとしても、そんな覚悟を決める必要はない。なにせ、ちゃんと技術を身につければ、普通に学校で教わった場合の学費分程度すぐに稼げる。だから、金のことは気にしなくていい」

これは事実で、王都周辺で《魔導具師》のスキルシードがあるとわかれば、魔導具作りを学ばせるため、親は即座に子供を魔術学院などに入学させる。王立魔術学院の学費などは平民が支払えるような額ではないが、《魔導具師》に関しては奨学金を借りて通うこともできる。他のスキルシードだとそこまで奨学金は出ないな。

これは言わずもがな《魔導具師》が確実に食いっぱぐれのない儲かる職業だからで、本当に金については気にする必要がないのだ。

そんな話をリタにすると、商人の娘らしく俄然やる気になったようで、

「でしたらぜひ、お願いします！　今すぐにでも！」

そんなことを言い出した。

現金なものだと笑ってしまったが、かつて村人だった俺の感覚からすれば、食いっぱぐれのない職業に就けるのなら即座に飛びつくよなとも思う。

「じゃあ、やってみるか？　あぁ、キエザとアルザムもついでにどうだ？」

するとキエザは驚いた表情で言う。

「俺も魔導具作り、できるのか⁉」

「お前のスキルシードは《魔導剣士》だからな。思った以上に万能だぞ。ただ、《上位魔導具師》より魔導具作りに適性はないが、初歩くらいならすぐに覚えられる」

俺のしょぼいスキルシードとは違うのだ。

「だったら頼むぜ！」

「あぁ。アルザムは？」

「俺もいけるのか？」

「あんたのスキルシードは《守護戦士》だからな。やろうと思えば魔術系もいける奴だ。ただ、闘気系に全力を注いできたから大して育ってないだけだ」

スキルシードは才能だ。だからこそ、持っているだけでは意味がない。

鍛えなければどれだけいいものを持っていてもなにも身につくことはない。しかし、自覚して鍛えれば、どこまでも伸びていく。

そもそも、人間の可能性というのは無限で、どんなスキルシードを持っていようと、やる気さえあればどんなスキルであっても身につけられる。

向き不向きはあるし、才能の多寡によってかけるべき時間や努力の質が異なってくるだけだ。

そんな話をアルザムにすると、彼は少し考えてから頷く。

「……じゃあ、ついでに頼むぜ。魔導具作りを商売としてやろうとまでは思わねぇが、武具の手入れなんかができるって聞いたことがあるんだ。そうすりゃ、少しは役に立てられるだろう」

「あぁ、剣の欠けを直したりとか、そういう応急処置系はできるな。さすがに打ち直しとか研ぎとかになってくると鍛冶系のスキルが必要だが」

「それでも十分さ。森に長くいると、どうしてもそういう手入れを自分でできたら、と思うことが多いからな。さすがに鍛冶師が必要なことまで、自分でやっちまおうとは思わねぇよ」

「そうか、ならちょうどいいな。よし、じゃあ地下に行くか」

そう言うと、その場にいる面々はフローラ以外、首を傾げる。

だから俺は言った。

「あぁ、作業場が地下に作ってあるんだよ。魔導具作りって危険な部分も多くてな。壁とか色々強化した場所でやらないと危ない作業とかあるから……あっ、基礎はそんなに心配はいらないからな？」

俺の言葉に、やる気に満ちていた三人の表情が少し不安そうに曇ったのは言うまでもない。


地下室の扉を開け、みんなを中に入るように促す。

「……わぁ。随分と広いんですね」

リタがキョロキョロと中を見回しながらそう言った。

「って言っても……かなり殺風景じゃないか？　作業場って言うから、もっと色々な道具とかあるかと思ってたけど、ほとんどなにもないぜ？」

キエザが微妙な表情を浮かべる。

まぁ、そう思うのも仕方がないだろう。

家全体と同じように、この地下室にもまた、ほとんど手を入れていなくて、あるのは簡単な魔導具を作るために必要な小さな机とそこに収まる程度の道具類だけだ。

その他の部分はだだっ広いだけの空間になってしまっていて、有効活用できていない。

本来であれば危険な魔導具とか、大きな魔導具を製作するための台などを設置する予定なのだが、今日のところは別の用途でその広い空間を使うことにする。

「ちょっと待ってくれ。今、準備するから」

俺はそう言って、部屋の奥の方にある扉を開いて、素材をそこから持ってくる。

もちろん、一度に持ち運べない量だから、《浮遊《レビタス》》の魔術を使い、浮かべてである。

そしてそれを魔術によって手早く裁断、加工する。

すると……。

「おいおい、ほんの数分で長机を三つも作っちまいやがった」

アルザムが呆れたような声でそう言った。

続けてリタが首を傾げて尋ねる。

「今のも、魔導具作りなんですか？」

しかし俺は首を横に振った。

「いや、今のはただの家具作りだが、魔導具作りにも応用はできる……というか、その一部ではあるな。魔導具とひと言に言っても、色々な形にものを加工しないとならないことはなんとなく想像つくだろう？　そのためには様々な魔術も使えた方がいいんだ。もちろん、使えない魔導具師もたくさんいるんだが……そうなると大変だからな」

その場合は、手作業で作ることになる。

わざわざ木材をのこぎりで切り、ヤスリをかけて、またネジなどの金具類を専門の職人に発注して……と、そんなことが必要になるのだ。

そうなってしまうと自分ひとりでなにかを作るのに途方もない時間がかかってしまうからな。

みんなには、しっかりとひとりで最後まで製作できるように技術を身につけてもらうつもりなのだ。

そう思っての言葉だったが、フローラがこれに呆れたような表情をする。

「クレイ……たくさんいるもなにも、大半の魔導具師は魔術にそこまで長けていないからね？　全部の作業をひとりでやるとか、そんなのあんたと……あの爺さんくらいよ」

「そうか？　でもひとりで作れた方が便利だろう」

「それはそうだけど……はぁ。まぁいいわ。ついでだし、私も一緒に学ぼうかしら」

「フローラもか？　まぁお前なら余裕だろうけど……よし、じゃあみんな椅子にかけてくれ。今から教えるから。あぁ、でも今日は簡単なことしか教えないから、そんなに身構えなくて大丈夫だぞ」

フローラが余計なことを言うから、みんなに緊張感が出てきてしまった。

とはいえ、好奇心も結構あるのか、素直に椅子にかける。

そんな彼らの手元に、木の板と、魔導ペンを置いていく。

「これはなんですか？」

リタが不思議そうにそれらを見て尋ねたので、俺は答える。

「まず、木の板の方だが、それはトレントの木材だな。トレントは知ってるだろう？」

これにはキエザが勢いよく手を上げる。

「はい！　知ってる！　樹木型の魔物だろ。この辺じゃ、あんまり見ないけど……」

「正解だが……言われてみると確かにそこまでいないな。辺獄にはいっぱいいたんだが。辺境の森だと、魔力濃度が中途半端に高いから生活しにくいのかもな」

続けてアルザムが言う。

「トレントの木材は高く売れるんだよな。建築資材としてもいいし、それこそ家具を作るのにもいいし。ただキエザの言う通り、この辺じゃあんまり採れねぇ。辺獄の奴ってことか」

「これに関しては俺が以前から持ってたものだな。辺獄のトレントは魔力が強すぎるから、魔導具作りの初心者用の素材としては不向きだ」

「どうしてだ？」

「魔力の通りがよすぎるのと、出力が出すぎるからだよ。魔導具の出力は魔石で調整するのが基本なんだが、素材がよすぎると通常よりも大きな出力が出てしまうんだ。たとえば、辺獄のトレント素材で一般的な《灯火》の魔導具を作ったら、多分、この部屋が真っ白になるくらいに光ることになってしまう」

そして、魔石の魔力を一瞬で使い果たしてしまう可能性もある。

魔石に宿る魔力量は決まっているから大きな出力を出せばその分、消費も早まる。

まぁ、うまく作れば消費量を減らすことももちろん可能なのだが、それでも限界はある。

俺の説明に、アルザムはなるほどと頷く。

「そういうものなのか。相性みたいなもんがあるんだな」

「あぁ。だから魔導具師は、素材の種類や性質についても詳しくならなければいけない」

これにはキエザがため息をつく。

「勉強しないといけないのか！」

「なんだってそうさ。剣術だって、型とか技とかは勉強の一種だろう。それと同じだ」

「うーん、そう言われると……仕方ないか」

「じゃあ、早速作っていくぞ。今日作るのは《点火》の魔導具だ」

「《点火》？　火をつけるのか？」

「あぁ。簡単に火がつけられる魔導具で、持ってると旅とかで便利だぞ。もちろん家での火起こしに使ってもいい」

この魔導具がない家だと、かまどの火は使ったあとに埋《うず》み火《び》にして、種火を残しておく感じになるが、消えてしまうと面倒だしな。旅の最中では当然のこと、埋み火なんてできないからやはりこれは持っていたいと考える者が多い。

魔導具は高価だが、その中でも比較的安価なものでもある。

それでも中々、村人には手が出しにくいものだが。

用途の関係で寿命が短かったりすることが大半だからな。何度も使ううちに焦げて使い物にならなくなるのだ。それを避けようとすると高価な素材を使う必要があるため、そうなると結果的に中々買えない値段になってしまう。貴族向けにそういう品もあるが、一般的ではない。

魔導具作りの難しいところだ。

だが、自分で作ればそういう心配はいらなくなる。

「そういうことなら頑張るぜ！　で、どうやって作るんだ？」

キエザの質問に俺は答える。

「魔導具の基本は、魔法陣だ」

言いながら、木の板に描いた魔法陣を見本としてみんなに配っていく。

もちろん、《点火》の魔法陣で、まったく見たことがない者からすれば、円の中に様々な図形が詰まっていて複雑に見えるだろう。

しかしいずれの図形も意味があって、理解すれば、いずれこの魔法陣を自分なりにアレンジしていくことも可能になる。

とはいえ、最初から魔法陣の図形の意味をひとつひとつ暗記して覚えろ、というのもつまらないだろう。だから、実際に描いてもらって、まずは稼働させるところまで体験してもらおうと思っている。

「なんだか細かいけど……これをどうするんだ？」

アルザムが眉をしかめて言う。

「これを、自分の板に写し取ってほしい。できるだけ正確にだ。本来なら、魔力を自分で操って、板に刻まないとならないんだが、今回みんなに配った魔導ペンは、俺が作った特別製でな。魔力操作ができなくても、勝手に持っている人の魔力を吸い取って、一定の量でペン先から放出してくれる。それを使って、板に魔法陣を描けるんだ」

これを聞いたフローラが呆れた表情をして俺以外のみんなに言う。

「簡単に言ってるけど、この魔導ペンもかなりの品よ。というか、大発明よ。こんなもの持ってる魔導具師なんて、まずいないわ」

リタがそれを聞いて首を傾げる。

「普通はどうやって描くんですか？」

「一応、魔導ペンで描くは描くんだけどね。普通の魔導ペンは、ちゃんと自分で魔力の放出量を制御しないといけないものなのよ。魔導具師になるための第一の関門と言われているわ。これができずに学校を退学する者が、およそ入学者数の半分はいるそうよ」

俺はそのフローラの発言に少し驚く。

「お前、意外に詳しいな」

「これでもそれなりに人事に関わったことがあるからね……魔導具師は、私の職場でも必要とされているから。旅に出る前は学校に何度も勧誘に行ったりもしたのよ。最近も行ったし」

なるほど、フローラの聖女としての仕事の一環というわけだ。

教会では儀式などに使うための数多くの法具を抱えているが、法具もまた、魔導具の一種だ。そのため、魔導具師を一定数、抱える必要があるわけだな。

スカウトに聖女が来れば、学校としても無下にできないし、フローラの外面は超一流である。彼女にぜひ教会へ来てくださいと直接言われて、断れる者はいないだろう。

彼女の魅力は、男女問わず利く。その割にエメル村の村人たちには綺麗な人と思われてはいても崇拝される感じがしないのは、彼女がそのように振る舞っているからだ。

親しみやすい人、という感じにな。

そういうことができるのが、フローラという人なのだった。

「確かにフローラの言う通りで、普通はこんな魔導ペンは流通してない。だからいずれは普通の魔導ペンで魔導具作りができるようになってもらうが、今回はちょっとした体験授業って感じだからな。今日のところはこれでいく。いいな？」

俺の言葉に全員が頷く。

「よし、じゃあ早速、魔法陣を描いていこうか。あぁ、失敗した場合は言ってくれ。ミスった部分の魔力を抜けばやり直せるからな」

これにフローラがやはりため息をついて言う。

「それも普通の魔導具師は無理なことよね……ミスったら、その素材はもう使えなくなってしまうのが普通よ」

「プレッシャーかけるとよくないと思ってあえて言わなかったのに、お前……」

「ごめんごめん。でも今回はクレイが直してくれるってことだから、別にこれについて知ってもプレッシャーにはならないでしょ？」

「まぁな。じゃあ、みんな、そういうことだから頑張ってくれ」

そしてそれぞれ真剣に魔導ペンとトレントの木材に向き合い始めたのだった。

しばらく時間が経ち、

「できました！」

と最初に手を上げて叫んだのは、やはりと言うべきか《上位魔導具師》のスキルシードを持つリタであった。

「どれどれ……」

近づいて彼女の描いた魔法陣をチェックしてみると……。

「おぉ、これはすごいな。ほとんど歪みがない。これなら十分に起動するだろう」

「本当ですか？」

「あぁ。魔法陣から伸びている、この線があるだろう？　ここに穴を開けるんだ。まぁこれは今回は俺がやる」

そう言って穴を開けると、リタは気付いたように呟く。

「そうか、魔導具って魔石を使って動くから、ここに填め込むってことですね？」

「そういうことだ。魔力を放出できる人間のための、魔石を使わない魔導具もあるんだが、そっちはそれほど出回らないからな。大抵は魔石式だ。《点火》の魔導具は十等級の魔石で十分に動くから……これでいいな」

俺は魔石を収納から取り出して填め込む。

するとその瞬間、

――ポッ。

と、魔法陣の中心からろうそくの火ほどの、小さな火が生まれた。

「わぁ……ちゃんと点いた」

リタがそう呟く。

俺は頷いた。

「しっかり魔法陣が描けていたからだな。さすがだ」

「そんな……見本があれば誰だって……」

「いや。魔導具の魔法陣はかなり複雑だ。少なくとも、才能がない……向いたスキルシードがない者がこの魔法陣を正確に描こうとしても、かなりの修練が必要になる。だが、リタはたった一度でしっかりと発動する魔法陣を描けたんだ。これはすごいことだぞ」

　お世辞ではなかった。

　普通のスキルシード……たとえば《魔術師》などを持っている人間が同じようなことをしようとしても、ひと月以上はかかる可能性が高い。

　魔力操作や放出の時間も加えれば、一年以上かかることもザラだ。

　しかしリタは……。さすが《上位魔導具師》のスキルシードを持つだけあるな。

　リタはそんな意味を込めた俺の言葉に頬を赤くする。

「そんな……たまたまですよ。あっ、そういえば、これって魔石入れたらすぐに点きましたけど、消す時って……」

「スイッチがないってことだな。スイッチを作るには、また別の魔法陣を描いてこれに繋げないとならないんだよ。だから、これだけだと、魔石を抜くしかないな」

「それは……ちょっと面倒くさいですね」

「まぁな。ただ別の方法もなくはない」

「別の方法？」

「そうだ……たとえば、こうする」

そう言って、俺は木の板の、魔石と魔法陣を繋いでいる線の部分を垂直に切った。

すると、当然のことながら、火は消えてしまう。

「えっと……？」

首を傾げるリタに、今度は魔石の填まった木材と、魔法陣の描いてある板をくっつけてみせる。すると、また、

——ポッ。

と、火がついた。

「えっ……切れたまま、ですよね？」

木材はふたつに分かれたままだが、一応手で押しつけて繋げてある。

「あぁ。だが、魔力はある程度近づけると繋がる性質があってな。木材の方は切れていても、魔力……つまりリタが描いたこの線はしっかりと繋がっているんだ。だから、最初と同じ状態になって、火が点いたわけだ」

「なるほど……これが別の方法」

「そういうことだな。こういうやり方をすれば、わざわざもうひとつ、スイッチの魔法陣なんて描かなくても、スイッチを作ることができる。手間が省けるわけだ」

ついでに言うと、魔法陣ふたつより、魔法陣ひとつの方が魔石にかかる負荷が小さくなるため、結果的に長持ちする。安定もするので壊れにくくなるというのもあるな。

そんな話をすると、リタはおもしろそうに微笑む。

「奥が深いんですね、魔導具作りって」

「あぁ、そうだ。工夫すればどんなものでも作れる。だから楽しいぞ」

「やる気が出てきました！」

「よし、その意気だ」

そして、リタにはさらに次の課題を与えた。

ちなみに、キエザとアルザムは、その日一日かけてやっと、なんとかいびつな魔法陣を描けたくらいで終わった。

やはり、才能の差というのは出るものだな。

フローラは器用というか、もともと魔力の扱いを極めているからな。

普通に完成させていた。

「これを機に魔導具師でも目指してみようかしら。今の職場を辞めたら、別の収入源が必要だものね」

そんなことを呟いていたのが、少し怖かった。

聖女が教会をやめるのはまずいだろ……。

第六章　辺獄、蹂躙される

そんな風に、リタ、キエザ、アルザムの三人に魔導具作りを教えること数日。

ついに全員が俺謹製の魔導ペンを使った魔導具作りの基本を習得した。

といっても、アルザムについてはまだまだだな。

ひとりで魔導具作りをできるレベルには到達していない。

それに比べてリタとキエザはなんと、俺の魔導ペンを使わずに、一般的な魔導ペンを使った魔導具作りを学ぶ段階に入った。

これはかなりすごいことだ。一般的な魔導ペンを使った魔導具作りを可能にするためには、少なくとも魔力を自覚し、動かし、そして放出する術を身につける必要がある。

これをひとまとめに《魔力操作》と言って、スキルのひとつとして扱うこともある。

一般的な魔術師でも身につけるには一年以上かかることもざらだと言われるが、リタとキエザはほんの数日で身につけてしまった。

やはり、ふたりのスキルシードである《上位魔導具師》と《魔導剣士》は高位のスキルシードと扱われているだけあって、スキルの習得スピードが速い。

この調子なら、すぐにいっぱしの職人、剣士になるだろう。

ちなみに、この数日の間に作った大量の魔導具については、当初の予定通り、エメル村の村人たちに配ることにした。

《点火》や《光灯》など、魔導具とはいっても、比較的安価で流通している品ばかりなので、そこまで遠慮されることはないだろうと考えてもいた。

事実、最初はみんな、魔導具なんて高価なものはもらえない、と固辞していたが、大した原価もかかっていないし、そもそもこれらはリタ、キエザ、そしてアルザムの手作りの品だから、本職の《魔導具師》が作ってるものとは全然違うと説明したら受け取ってもらえた。

実際には、俺が監督した上で作らせたのだ。

本職の作るものとも遜色のない出来のものだけ配ったが、言い訳としてはちょうどよかった。

リタたちが作ったと聞いてみんな驚いていたが、この間スキルシードを調べた時に、魔導具作りに向いてることがわかったと伝えると納得していた。

もう少し高度なものを作れるようになったら、当初の目的通り、高位のスキルシードの危険性も合わせて布教していく予定だ。

いきなり言って怖がられても問題だからな。徐々にやっていくのだ。

ここが王都だったら、そんな風に悠長にやってはいられなかっただろうが、ここは辺境というど田舎だ。

わざわざ都会からスキルシード目当てに誰かがやってくることなど、まずない。

これから先、村人たちがスキルシードを活かしたいと考えているようなら、リタたちと同じように俺がそれなりの手ほどきをするつもりなので、ずっとバレないとは言いがたいが、当分は大丈夫なのは間違いない。


「みんな、喜んでくれてよかったわね」

フローラが機嫌よさそうにそう呟く。

森の木々の間から漏れる月明かりが、彼女の顔を美しく照らしていた。

「あぁ。あれほど喜んでくれたなら、頑張ってもらった甲斐があるな」

村までリタたちを送り、その後一緒に魔導具を配っていたら夜になってしまった。

そこから辺獄の家にまで戻るのは、普通ならやめておいた方がいいことだ。

なにせ、辺境の村といえども、それなりに魔物は出る。

特に夜は魔物の時間であり、活発化する上に強くなることも少なくない。

だから、リタにも今日は家に泊まるようにと勧められたが、俺とフローラは固辞した。

別にリタの家に泊まるのが嫌だった、というわけではなく、この時間に試してみたいことがあったのだ。

エメル村から俺の家まで続くお手製の街道、そこの両端に、収納から出した街灯を一定間隔で設置していく。

これは、リタたちに魔導具作りを指導しながら、暇な時間に作っていたものだ。

効果は単純で、まず、夜でもこの街道を歩けるように光を放つこと。

加えて、昼間は光らないけれども、昼夜問わず、魔物を近づけない……つまりは魔物除けの効果がある。

これを作れるのは、王都の魔導具職人でも数少ないらしいが、さすがに俺とテリタスだけ、というわけではなかった。希少な素材を使っているため数は作れないから、王都近くにわずかにあるくらいだけどな。

「それにしても魔物除けの街灯をこんなに贅沢に使ってるところなんてまずないわよ……王都回りでも、五十メートル間隔くらいでしかないっていうのに。二十メートル間隔くらいで設置していくじゃない」

フローラが呟く。

「ここはリタやキエザが通ることになるからな。少しでも魔物の危険は排除しておきたいんだよ。それに将来的にはもっと人通りが増えるだろう。俺が辺獄を開拓していくんだから」

「っていっても、今はあんたの家と、その回りのわずかな土地だけしかないけどね……なんでもっとガンガンやらないの？　できなくはないんでしょ？」

これは結構痛いところをつかれた。

実際、その気になればもっと広い範囲を短期間で開拓することができる。

しかし、今俺はそれをしていない。慎重に周囲を調べて、少しずつ開拓しているにすぎない。

「まぁ、な。理由があるんだよ」

「当ててあげようか？」

「あぁ？」

「その腕輪でしょ」

そう言って、俺の腕を指し示すフローラ。その顔にはいたずらっぽい表情に加えて、わずかに心配の色が見えた。俺はそれで理解する。

「……わかるか」

「わかるわよ。それ、まぁ……あんたに極端な影響を与えるものじゃないけど、呪いの腕輪の類よね」

つまりはそういうことだ。シャーロットに渡されたこれは、単純な好意からの品ではない、と俺は思っている。

ただ、悪意があったわけでもなさそうだから、考えかねていた。

その辺について、フローラにも意見が聞いてみたくなって、シャーロットと出会った時のことを話してみることにした。

「呪いの腕輪といっても付け外しは普通にできるからな。大した不便があるわけでもない」

「誰からもらったのよ……って、大体想像はできるけどね。例のエルフね？　辺獄に住んでるっていう」

「鋭いな」

俺は少し驚いたが、フローラが俺の額を軽く指で弾いた。

「簡単な推理よ。呪いの腕輪って結局のところ魔導具でしょう。そんなもの、エメル村の人たちに作れるわけがないし、リタたちだって最近教わったばかりでそんな高度なもの作れっこない。となると、ここ最近であんたが会った、魔導具を作れそうな人は……って。エルフしかいないわよね」

「まぁ、そうなるか。エルフといえば、高級な装飾品やらで知られた種族だが、いずれも魔導具だからな……」

彼らが作る魔導具は、人間の作るものとはまた違った系統の技術体系であり、それがゆえに効果も違う。エルフたちの魔導具の方が高い効果を持つこともあれば、意外に人間のそれの方が使い勝手がいい、なんて場合もある。

この辺りの事情は対ドワーフでも同じだな。

ドワーフの作る武具にしても、広い意味では魔導具だから。ただし、そもそも鍛冶の腕がないと作れないので、複合品といったところか。

まぁそれはいいか。

話の続きだ。

「それにしてもなんでそんなものをあんたに渡したのかしら？　エルフに恨まれることでもしたわけ？」

フローラがいぶかしげに尋ねてきたので、俺は答える。

「馬鹿を言うな。紳士的に振る舞ったぞ。出会ったエルフはシャーロット、というんだが、向こうも友好的だったし、終始穏やかに話すことができた……はずなんだがな」

「シャーロットね。ふーん、女のエルフってわけ。美人だったの？」

「エルフの女性はみんな美人だろ。いや、女性に限った話じゃないか」

エルフは総じて美しい。理由は、精霊に近しい種族として作られたがゆえだと言われている。

人間を見て醜い、と言って憚らないエルフというのも結構いる。

シャーロットにはそういう感じは一切なかったが。

フローラは言う。

「私はエルフの男はどうも苦手ね。あいつらナルシストなのよ……」

「そういう奴もいるにはいるけど、全員じゃないだろ」

あぁ、私はなんて美しいんだ、というタイプばかりではない。

というかそんなものばかりだったらエルフの頭は大丈夫か？　ってなってしまう。

「確かに鼻にかけない人もいるけど……ナチュラルにやっぱりナルシストっていうか。私は駄目ね」

自分が美しい前提でものを話すとかそんな感じかな？

確かに言われてみると自然にそういう風に会話された記憶しかないかもしれない。

「そういうものか……」

「まぁ好みの話だからね。それより、どんな流れでそれをもらったの？」

「あぁ……これは精霊の腕輪だって言われてな」

「精霊の腕輪？　なんだかよさそうな名前ね」

「だろう？　効果は本来なら、精霊を集めて精霊術の効果を上昇させるものらしい」

「そんな風には見えないけど」

「俺の場合は、精霊を散らすために使えって言われてな」

「なぜ？　精霊散らすってなんだか不敬な気がするんだけど……」

フローラは教会の聖女であり、信仰に基づいて精霊に対する態度もそれなりに丁寧だ。

教会が信仰を捧げるべきとしているのは創造神であるが、その配下としてこの世界の維持のために働いているのが精霊だとされており、教会的にも精霊は重要な存在なのだ。

とはいえ、フローラの信仰は見せかけというか、聖女という仮面を被った時のためのもので、本心から信仰があるというわけでもないのだが。

それでも最低限、精霊はそれなりに敬った方がいい、くらいの感覚はあるらしかった。

「シャーロットが言うには、俺の周囲には大量の精霊が集まっているんだとさ」

「どうして？　精霊に愛されそうなタイプには見えないけど。だってエルフが好きなんでしょ」

これはエルフがみんな、精霊術を使えるという事実からの推論だな。

別にエルフが我々は精霊に愛された種族だと吹聴しているわけではない……と思う。

言ってる奴は見かけたことがあるけれども。

「理由は俺にはわからない。シャーロットが言うには、昔、《愛し子》と呼ばれる精霊にひどく愛された奴がいたって話だが、俺がそれかも、とは言わなかったしな」

「《愛し子》ねぇ……クレイは《愛し子》って感じじゃないものね」

「おい、それはどういう意味だ」

「いえ、精霊の愛し子、って言われたらなんか、美少女とかが似合いそうじゃない？　私みたいな」

「自分で言うか」

「誰も言ってくれないから自分で言ってるのよ」

「いや、王都の酒場に行けば大抵の奴らが言ってるだろ、〝美聖女〟って」

「私が言う〝誰も〟は、パーティーにいた三人の男たちのことを指してるの。誰か言ってた？」

じろり、とにらまれて答えに窮する。

確かに……誰も言っていなかったな。

ユークは王子であるがゆえに、美女を見慣れている上に下手に女性に美しいですねと言ってしまって勘違いされるとまずいというのがあるため、滅多なことは言わない。

テリタスはそもそも、結構な年だ。

そういう面に関しては完全に枯れきっているというか……人を揶揄うのは好きみたいだが、自分がどうこうというつもりは一切ないのだ。

そして最後のひとりの俺だが……俺はな。

面と向かってそんなことは中々言えたものではない。

そもそも、勇者パーティーに加わった時、フローラを見てこんな美しい女がいるのかと驚いたが、あの時の俺はど田舎の村の村人にすぎなかった。

高貴かつ神聖な聖女にそんな低俗なことなど言えるわけもなかったし、慣れてしまってからは却って言いにくくなってしまったしな。

ただ……。

「まぁ、あれだ。フローラ。お前は美しいよ」

「なにか言った?」

「美しいって言ってるんだ……旅の間にそんなこと言えるわけないだろうが。ただ、会った時からずっとそう思ってはいたよ」

「え?　そうなの?　本気で?」

恨めしい顔をされたから真剣に言ってみたら、これだ。

俺は呆れた。

「お前……一回鏡を見てみろよ。絶世の美女がそこには立っているぞ」

「へぇ……そうなんだ……そうなんだぁ……えへへ。わかった。じゃあもう自分じゃ言わない」

「そうか……ま、それはともかく」

「ともかく？」

しまった、適当に流しすぎたか。

そう思ったが、フローラは意外にもすぐに微笑んで言う。

「冗談よ。話の腰を折って悪かったわ。腕輪の話の続きよね」

「あ、あぁ……そう、腕輪なんだが、そういう精霊を散らす効果のせいで、呪いっぽく見えている……」

「わけないでしょ。まぁそういう効果もあるかもしれないわよ？　精霊が見えないから断言はできないけどね。でも、それ以外にもなにかよくない気配は感じるのよね……でもなんだろう？」

ジッと腕輪を凝視するフローラのその様子に、これはごまかせないな、と思った俺は観念して言った。

「辺獄から遠ざかろうと装着者に思わせる、そういう効果がこれにはついているよ」

「なるほど。すでに調べてわかってたわけだ……ええと、だから辺獄開拓を中途半端にやってるってことでいい？」

「そういうことだな」

「でもそれでいいの？　辺獄開拓はあんたの目標なんでしょう？　エルフでもなんでも蹴散らして開拓しまくったらいいんじゃない？」

「さすがにそれは物騒だろうが。ただ、別にこのままでいいとも思ってないよ」

「じゃあどうして……」

「これを俺に渡したのには、なにか理由があるような気がしたんだよな。別に辺獄をなにがなんでも開拓させたくないという感じじゃなかった。むしろ、歓迎してる雰囲気すらあった」

これにフローラは怪訝な表情で首を傾げる。

「でも、それは辺獄から遠ざかりたくなる効果があるわけでしょ？　そんなもの、渡すかしら？」

「普通に考えたら渡さないんだろうが……」

「やっぱり、嘘を言ってたんじゃないの、そのエルフ」

まぁ、その可能性もある。少なくとも、言っていたことすべてが本当だったとは思っていない。だが……。

「もう少し会話して、その辺をはっきりさせたいんだよ。あと、これを俺に渡した真意も確かめたい。だから……」

「辺獄に定期的に入って、そのエルフとまた出会える機会を探してるわけだ……まどろっこしいことしてるわね。あんたなら直接捜しに行けるんじゃないの？」

フローラはこれで効率主義かつ猪突猛進なタイプだ。

俺がやってるのんびりしたやり方はもどかしく感じるのだろう。

とはいえ……。

「確かにそれはそうなんだよな。それに、そろそろ待つのも疲れてきたところはある」

「じゃあ……」

「明日はもっと奥まで入って捜してみるつもりだ。あわよくば、エルフの集落も捜したい」

「おぉ、いいじゃない。冒険ね。あっ、それじゃあ私もついていくから」

「え？」

「なによ、文句あるの？　実力的には問題ないでしょ？」

「それは言うまでもないが……いいのか？　のんびりしたくてここに来たんじゃ」

「違うわよ。クレイと遊びに来たの。だから行きたいの。それでも駄目？」

上目遣いでそう言ってくるフローラ。美人はこういう時にずるいと思う。

俺はため息をつき、

「わかった、一緒に行くか」

そう言うしかなかったのだった。

数日後、俺とフローラは辺獄の中を彷徨っていた。

大豚鬼《ヒュージオーク》の巨大な斧が振り上げられる。

通常の豚鬼《オーク》の数倍はある巨体、さらに辺獄の魔力により強化された肉体から繰り出される膂《りょ》力《りょく》は、まさに災害と言っても差し支えない威力をその斧に与えているように見えた。

しかし……。

「フローラ！」

「ええ！　聖結界‼」

俺の言葉に反応し、即座に法術により結界を前方に作り出したフローラ。

そこに大豚鬼の大斧が命中する。

──ドゴォォォォン‼

という、轟音が鳴り響き、空気をビリビリと揺らす。

けれども、フローラの張った聖結界が破れることはなかった。

当然だ。彼女の使う法術の効果は世界最高峰。

その力でもって、魔王の一撃すらも何度か受け止めた、正真正銘の英雄の力だ。

たとえ辺獄に住まう異常な発達を遂げた魔物が相手であっても、魔王に比べればどれほどのものでもない。

俺は大豚鬼が怯んだ隙を狙って前に出る。

フローラの聖結界のいいところは、彼女の任意で通す対象を設定できるところだ。

つまり、大豚鬼がこちら側に来ることはできないが、なんの抵抗もなく俺は向こう側に行ける。

大豚鬼の足元まで、一瞬で距離を詰めた俺は、そのまま軽く飛び上がり、剣を振り上げた。

「うぉぉぉ！！！」

目の前には大豚鬼のがら空きの首がある。

俺はそれを狙って、思い切り剣を振り下ろす。

剣に通した魔力は大豚鬼の硬い皮膚をするりと切断し、そしてそのまま骨まで達する。

そして、大豚鬼の首が地面に落ちると、しばらくしてその体もどさり、と倒れたのだった。

「うーん、辺獄に入ってからしばらく経ったけど、確かにここはすごいわね。魔王城周辺並みじゃないの？」

フローラが体をコキコキ鳴らしながらそう呟く。

どうにも最近、事務仕事や手を振っているだけの仕事が多く、運動不足らしい。

そんな彼女に俺は言う。

「どうかな。質は結構違っていると思うが。向こうは魔族が多かっただろう。だがここは魔物ばかりだ。地力という意味ではどっちが上とは言いにくいけどな」

「確かに、こっちの方がまだ戦いやすいかもしれないわ。それにしても、あんたが会ったって言うエルフ、全然出てこないわね」

「そう簡単に出会えるとは思ってないからな……だが、魔力の痕跡はある。適当に歩き回ってるわけじゃないし、いずれ辿り着くだろう」

「だといいんだけど」

＊＊＊＊＊

その頃、クレイたちの捜し人であるシャーロットは、辺獄奥地に存在するエルフたちの集落、ヴェーダフォンスにある自分の家の部屋に籠もっていた。

彼女は今、少し前に出会ったクレイのことを思い出し、少しだけ後悔したような気分になったりしながら、膝を抱いてベッドに座り込んでいる。

そんな彼女の部屋の扉が、

――コンコン。

と叩かれ、シャーロットは顔を上げた。

「どうぞ」

すると、そこから現れたのは……。

「シャーロット。気は晴れたか？」

「おじい……長老。いえ、私は……」

シャーロットの祖父であり、かつヴェーダフォンスの長老でもあるメルヴィルだった。

メルヴィルはそのまま、シャーロットの隣に腰かけて言う。

「シャーロット。あまり考えすぎるでない。大方、精霊の腕輪のことを考えているのだろうが……遠ざけたのは悪い判断ではないだろう。悪意からではないのだから」

「でも……私、あの人に嘘を」

シャーロットは、クレイと話したことをメルヴィルには報告していた。

ヴェーダフォンスにおける最高責任者が彼であるというのもあるが、そもそも、クレイに対する対応について相談していたからだ。

その際に、クレイに精霊の腕輪を渡したらどうか、と提案したのもまた、メルヴィルだった。

クレイに精霊が集まっていることは遠目から見てもわかっていたから、なんらかの方法で散らす必要があるのははっきりしており、そのために精霊の腕輪は最適なのも間違いなかったので、いい案だと同意した。

ただし、メルヴィルはその精霊の腕輪に軽い呪いをかけた。

それは、辺獄には近づきたくない、できるだけ遠ざかりたいと深層心理に働きかけるもの。

ただそれだけだ。

なぜそんなことをしたかと言えば、もちろん、しっかりとした理由がある。

古くから、ヴェーダフォンスに住まうエルフは辺獄に入ってこようとする外敵を排除してきた。もちろん、人間が強欲だから……という理由もあったが、実のところそれが最大の理由ではない。

単純に極めて危険だからだ。

ただし、馬鹿正直にそれを説明したところで、人間たちがはいそうですかと聞くわけもないということもわかっていた。だからこそ、ヴェーダフォンスのエルフたちはそれを人間たちに語らず、ただ辺獄と人の住む世界との境界を守ってきた。

だが、ここのところそれも色々な意味で限界に近づいていた。

クレイが言っていた、森の異変。あれもまた、それが原因であった。

クレイに直接語ることはやはり憚られたからこれもまた、嘘になってしまったが……。

嘘ばかりだ、と落ち込むシャーロットに、メルヴィルは言う。

「すべては、わしが悪いのじゃ。シャーロット、お主は悪くない。だから世界樹様のところに行こう。お勤めをせねば」

「あぁ、ごめんなさい。すっかり時間を……そのために呼びに来てくれたのですね」

「まぁの。わしにはそれくらいしかできぬ。お主の立場も代われるものなら代わってやりたいが」

「いえ、名誉あるお役目ですから。着替えたら、すぐに行きます」

「うむ。では表で待っておるぞ」

シャーロットは急いで着替える。

そして外に出た。

ヴェーダフォンスの集落は、中心に泉があり、それを囲むように大樹が何本も生えている。その大樹の一部の形を植物魔術と精霊術で変形させ、ツリーハウスのような形状にして住処としているのだ。

それぞれのツリーハウスの間は、同じく変容した木々の回廊で繋がっており、これでかなり便利に行き来できる。実際、エルフたちは集落を活発に歩き回っており、活気があるこの様子が、シャーロットは好きだった。

けれど、この光景もいつまで続くか……。

行き交うエルフたちの表情には、少し不安の色がある。

彼らの視線の先を見ればその理由はわかる。

集落の一番奥には、エルフたちが大事にする神の樹……世界樹が屹立している。

巨大かつ神聖なその樹木は、以前であれば大勢のエルフがその近くで祈りを捧げていた。

その際に、魔力を注ぎ、世界樹の栄養とするのだ。すると世界樹はそのお礼とばかりに、雫や枝、それに葉や実などを分けてくれる。

世界樹がくれるそれらの恵は、この集落のエルフにとって薬や武具の素材などとして非常に重要で、その恵に感謝しながら生きていた。

しかし、今となっては、それも難しくなっている。

世界樹の根元まで、魔力を捧げに行けるのは若く機敏に動けるエルフのみで、強力な力を持っていてもメルヴィルのように足腰の衰えた者は難しくなってしまっている。

子供も同様だ。

その理由は、世界樹のてっぺんにあった。

本来、そこにいるべきではない巨大な影が存在している。

巨大な影の正体は、竜である。

漆黒の竜。

五年ほど前に現れ、その日から世界樹に張りついて、葉や枝を食べ続けているのだった。

世界樹に近づくと、あれが気まぐれにエルフに攻撃を加えるため、近づけるのは逃走できるだけの身体能力のあるエルフに限られる。

最初のうちは、エルフたちも世界樹を黒竜に食われまいと全力で対抗して戦っていたのだが、黒竜はあまりにも強かった。幾人ものエルフの戦士たちが散り、多くの家々が破壊された。それでもエルフにとって、世界樹を見捨てるという選択は決してできず、徐々に疲弊し、絶望がゆっくりと集落を覆っていった。

それに、決死の覚悟で黒竜に決定的な攻撃を与えようにも、すぐに空の上に逃げてしまう。

それからほとぼりが冷めた頃に戻ってきてしまうのだ。

今でもエルフたちで部隊を組み、追い払ったりしているが、効果はなく、さらに世界樹が徐々に弱ってきていて、魔力を捧げることの方に力を注いでいる。

それこそが〝勤め〟であり、今この集落の若いエルフがなさなければならないこと。黒竜がたとえ襲いかかってきても、なんとか安全地帯まで退くぐらいのことができるから。

だが、こんなことは所詮、対処療法にしかすぎないことはみんな、わかっていた。

それでも、どうにもすることができずにここまで来てしまったことも。

いったいどうすればいいのか……。

解決策がないまま、シャーロットは世界樹の根元に辿り着く。

そしてそこに跪き、魔力を捧げた。世界樹はシャーロットの魔力を貪欲に吸い取り、新しい枝や葉を茂らせていくが、それらも黒竜が食べていってしまう。

それを見ながら、いい加減イライラしてきて、シャーロットはついに、切れた。

「……ふざけるんじゃないわよ‼　この竜が‼」

立ち上がり、魔力を練り込む。

その様子を見て、他のエルフが慌てて止めようとするが、遅かった。

強力な雷撃が、黒竜に放たれる。普通の魔物なら、命中した時点で一瞬にして消し炭になってしまうほどの威力が込められているものだ。

けれど、黒竜はそれを軽く除けて、それから面倒くさそうな表情でシャーロットを一瞥し、そのままどこかへと飛び去ってしまう。

——あぁ、矮小な存在がまたなにかやってきたか。無駄なことをするものだ。

そう言っていそうな黒竜の表情にさらにイライラが湧き出てきて、

「……もう、なんなの……」

そうひと言呟いて、涙を流した。

どうか、誰か助けてほしい。誰でもいいから。

けれどそんな都合のいい救いがやってくるはずがないことを、シャーロットは理解していた。

＊＊＊＊＊

「うーん、もうちょっとな気がするぞ。エルフの気配が増えてきた」

俺がそう呟くと、フローラは嬉しげな表情を俺に向けて言う。

「本当!?　いい加減、森も飽きてきたのよね。まぁさっきの大豚鬼の肉は中々美味しかったから、また出てきてくれてもいいけど」

先ほど討伐した大豚鬼は、捌いてから一部食べた。

さすがにあれほど巨大な大豚鬼すべてをたったふたりで食べきるのは不可能なので、残りはしっかりと解体して収納に突っ込んである。

時間停止をかけているので、腐ることもない。

いずれ、ユークとテリタスにでも送ってやるか、と思っている。

豚鬼系統は美味しい魔物として有名だが、特に大豚鬼のそれは美味と言われる。さらに、強ければ強いほど、多くの魔力を保有しているため、それが旨みとなるのだとも言われていた。

先ほどの大豚鬼はそういう意味でも最高級の食材であり、たとえ王子であるユークであっても中々手に入れることはできない品だ。

テリタスも同様である。だからこそ、彼らに食べさせてやりたい。

フローラはいいところに居合わせたな。

そう思ってしまうくらいのものだった。

とはいえ。

「また大豚鬼が出てきてもしょうがないだろ。どうせ食べ切れないんだから無駄だ」

同じ食材ばかり被っても仕方がない。

さっきの一匹だけで普通に食べれば一年以上は余裕で持つのではないだろうか。

「食べ切れなかったらエメル村の人たちにでも振る舞えばいいから無駄にはならないわよ。でも、確かに他の奴が出てきてほしいわね。ゴブリンは何匹倒しても魔石しか採れないからいらないけど」

「魔石は魔導具作りの素材になるから悪くはないぞ。それに、ゴブリンだって食べる土地はあるらしい」

これは昔テリタスに聞いた話だな。

フローラはどうやら初耳らしく、げっ、という顔をして言う。

「え、嘘でしょ？　あんなものどうやって食べるっていうのよ」

「色んな調味料や香辛料を混ぜ込んだ液体に漬け込んで臭みを消して食べるそうだ。それでも独特の味がするらしい。それがたまらないって人と、絶対になにがあっても二度と食べたくないって奴に別れるらしいけどな」

いわゆる珍味の類だ。

しかしフローラは首を横に振った。

「うわぁ、私は絶対に食べたくないわ。どう見てもあんな緑のやつ美味しくなさそう」

「テリタスは酒のいいアテになるって言ってたから、一度くらい俺は食べてみたいけどな……今度レシピを持ってないか聞いてみるか」

旅の最中に聞いた話なので、その時は漬け込む時間も場所もなかったからレシピまでわざわざ尋ねようとは思わなかった。

今なら話は別である。

「私に黙って出すのはやめてよね⁉」

「気付かないならいいんじゃないか？」

「それでもよ！」

「わかったわかった……ん？　これは……」

そんなくだらない話をしていると、ふと、奇妙な気配に気付く。

「クレイ……これって」

フローラも気付いたようだ。

俺は頷いて答える。

「あぁ、こいつは竜だな。しかも結構な大物じゃないか」

懐かしい気配だ。魔王討伐の旅の中で何度も出会った魔物、その中でもとりわけ強力なもの。

しばらくそう思ってその場で待っていると、どうも向こうも気付いたのか、俺たちの方に向かってくる。

「フローラ、聖結界を！」

「わかってるわ！」

竜が近づく直前、フローラが結界を張る。今回は前方だけでなく、俺たちふたりを半球状に覆うものだ。空からやってくる相手に、壁型の結界は心許ないからな。

フローラが結界を張った直後、

――ガキィン‼

という音が、鳴り響く。

空から急降下してきた竜の爪と、結界がぶつかった音だ。

ちょうど金属同士がぶつかったかのような、高く硬質な音だった。

「フローラ、どうだ？」

「そうねぇ……まぁ問題ないわね。それにしても……黒竜だったとは。珍しいわね」

俺たちの前に現れたそいつは、漆黒の鱗を持った竜、黒竜だった。

竜の中でも比較的遭遇しにくいタイプだな。

なぜかというと、単純にまず数が少ない。

一番見る竜の体色は深く濃い緑で、そのタイプが最も弱い。対して黒竜は……まぁ、強さ的には上の方だな。最高位ではないが……。

「なぁ、あいつってうまいかな？」

「どうかしら。黒竜は食べたことないわよねぇ」

のほほんとした口調でそう語るフローラの顔に、恐怖の色はまったく見えない。

当然だ。竜なんて、魔王討伐の旅の中で何度となく倒してきた相手だ。

だから俺は言った。

「よし、やるぞフローラ」

「でも、空に逃げられるわよ……って、あんたに言っても無駄だったわね」

「まぁな。空中機動くらいできないと勇者パーティーなんて名乗れないぞ」

「私はそんなに得意じゃないから。ユークとあんたは得意だったわね。っていうか、上に結界張って飛べないようにした方が楽じゃない？」

「でも維持大変じゃないか？」

「あんたがさっさと息の根止めてやればいいだけよ」

「何分いける？」

「あいつの強さ次第だけど、魔力見る限り、十分は大丈夫だと思うわ」

「それなら余裕じゃないか」

「でしょう。じゃ、行ってらっしゃい」

「おう」

そして、フローラが聖結界を張る。

今度はかなり広範囲であり、ちょうど俺たちと黒竜を箱形に覆ったような形だ。

黒竜はそれにまったく気付かずに、再度上から俺たちを攻撃しようと思ったのか、羽ばたきはじめ、そして地面を蹴り上げて空に昇ろうとする。

しかし……。

――ガンッ‼

と頭をぶつけ、そのまま墜落した。

……頭はあんまりよくなさそうな竜だな。

そう思いつつ、俺は黒竜に近づく。

そのまま首を切り落としてやろう……と思ったのだが、さすがにそういう殺気には気付くらしい。慌てて体勢を整えて、俺に向かって威嚇をしてくる。

さらに口を大きく開いて……。

「お、吐息《ブレス》か……どれ」

試しにじゃないが、見てみることにした。

竜の吐息は結構見てきたが、かなり個竜差があるのだ。

事実、その黒竜の吐息は、その体の色と同じで、漆黒だった。

よく見てみると、どうやら闇属性の魔力が練り込まれているらしいことがわかる。

以前に見たことがある黒竜は普通の吐息しか吐かなかったから、これは珍しいな。

なぜ見ただけでわかるのかというと、俺のスキルシードである《鑑定》の力だ。

多くの物品や存在、魔術や法術、武術に魔物、そういったものを旅の最中で観察し続けて、俺は自分の目で見たものの性質や成分をひと目で解析できるようになっていた。

ちなみに、吐息を観察する、といってもそのまま直撃を受けたわけではなく、しっかりと結界を張って防御していた。

フローラほどじゃないが、俺も聖結界を使用することができるからな。もちろん、フローラが使う法術を《鑑定》の力によって観察し続け、旅の間に理解したものだ。

どういうものか理解できれば使える、なんていうものではもちろんないのだが、俺には《鑑定》の他にもうひとつ、スキルシードがある。

「……もうそろそろいいな。どれ、《模倣》してみるか」

そして、俺は《鑑定》で見た通りの魔力の練り込み方、流し方をする。

黒竜の吐息とまったく同じことを。

俺がぱかり、と黒竜と比べれば矮小にすぎる口を開くと、黒竜はどこか馬鹿にした視線を向けてきた。

巨大な蜥蜴にすぎないとはいえ、竜には高い知能があるとされる。人のそれとは異なるけれども、なにかを馬鹿にするとか執着するとかそういうことはある。

ただ、今その性質を出したのがこいつの運の尽きだな。

魔力が、俺の開いた口から解放される。

そこから吐き出されたのは、紛うことなき、黒竜の吐息だった。

黒竜はそれに驚くが、もう時すでに遅し。

俺の吐息は黒竜の吐息にぶつかり、そして徐々に押していく。

同じ技なのだ。そうなればどちらが勝つのかは、単純に出力の高さに基づく。

俺の魔力量は野良の竜などに負けるほど矮小ではない。

そのまま俺の吐息は黒竜の吐息を押し切って口の中に入り、黒竜の肺を内部から焼き尽くした。

黒竜がぐったりと体ごと崩れ落ちる。

俺は黒竜に近づくが、まだ生きていることはわかっているので油断はしない。

フローラも結界を解いていない。

「さて、覚悟はいいか？　お前もそこそこ強かったけど、俺たちに出会ったのは運が悪かったな。素材は有効活用してやるから、安心して逝け」

そう言って、俺は黒竜の首を切り落としたのだった。

煽るようなことを言ったのは、黒竜から感じられる強い瘴気ゆえだ。

これを纏っている竜は、いわゆる邪竜であり、多くの人を殺している。

せめて最後に後悔させてやりたかった。

そうすれば、こいつに殺された人たちも浮かばれるだろう。

「よし、じゃあフローラ、結界解いていいぞ」

そう言うと、結界はパッと消え去る。

改めて見ても惚れ惚れとする技術だ。一般的な法術師はこんなに簡単に聖結界を張り、また解除することはできない。

長大な儀式をしたり、潔斎をしたりといった事前準備が必要になることが多い。

けれどフローラはそんなものを一切必要としない。

さすがは勇者パーティーの一員として戦った英雄のひとりだ、と思わされる。

そんな彼女はこちらに走ってきて、黒竜を見て呟いた。

「で、こいつ一番美味しいところどこだと思う？」

まぁ、こんな奴だ。だからこそ付き合いやすいんだけどな。

とりあえずその場で黒竜を一部だけ解体して、美味しそうな部分を切り分けてたき火をする。

さっき大豚鬼を食ったばかりじゃないか、と思うが黒竜討伐という運動をしたからな。

俺もフローラも腹が減ってきたのだ。

魔王討伐の旅をしている最中でも、かなりの記憶が食事の時のものだが、それはとにかく食わなければエネルギーが足りないと、全員が恐ろしいほどの健啖家だったからだ。魔術師は大食いと言われるが、それは精神力を消費するとひどく腹が減ってしまうからである。

まぁ、食べなくても数日くらい普通に活動できるくらいには鍛えていたのだが、食える時にたらふく食うというポリシーでいたのも間違いなかった。

「これは……最高ね！　今まで食べた竜の中でも一番の美味しさだわ！　なんでなんだろ……食べていたものがいいのかしら？」

「牛豚鶏じゃないんだから、それは関係ないんじゃないか？　やっぱり純粋に魔力の影響とかの方がありそうだぞ。ほら、そこそこ強かったじゃないか」

「強かった？　あんたが倒すとどの竜も大して強そうに見えないから困るのよね……確かに結界に攻撃してきたときの勢いはかなりのものだったけれど」

「だろう？　高位の竜だったんだって。魔王と比べれば大したことないけど」

「比べる相手が間違ってんのよ……まぁ、いいか。食べたらまた歩きましょ。だいぶ体力回復したわ」

「そもそも、そんなに疲労しているようには見えなかったけどな」

魔王討伐の旅で鍛えられた俺たちの足腰は、多少森の中を歩くくらいで疲れるほど柔じゃない。

「精神的に疲れたのよ。同じ景色ばっかだったし、出てくる魔物も代わり映えしなかったしね。でも黒竜はいい気分転換になったわ」

「気分転換でどうこうするものじゃないんだけどな」

「あんたに言われると釈然としないけど……それは確かにそうかもね」

そんなことを言いながらたき火を手早く片付けると、俺たちは立ち上がり、再度森の中を進み始めた。

＊＊＊＊＊

……おかしい。

そう気付いたのは誰で、いつだったか。それはわからない。

けれどヴェーダフォンスのエルフたちはみんな、どこかでそう考えていた。

というのも、黒竜が世界樹から去ってしばらくの時間が経ったけれど、一向に戻ってくる気配がないからだ。

少なくともこの五年、これほど長い時間世界樹から離れたことはなかったはずだ。

黒竜は世界樹に固執していて、どんな方法を使っても絶対に離れることはなかった。

それなのに……。

「おじいさま……」

シャーロットは長老、と役職で呼ぶことすら忘れて、隣に立ち、自分と同様に世界樹を見つめる祖父メルヴィルに声をかけた。

メルヴィルもまた、困惑した表情で、しかし決してことを楽観視せずに言う。

「シャーロット。ぬか喜びになるかもしれん……だが、これはもしかすると……もしかするのか……？」

「わかりません。ですけど、黒竜の気配がどこにもないのは確かです。いったいどうして……」

そんなことをふたりであでもないこうでもない、と話していると、突然、

「長老！　シャーロット様！」

と、叫び声が後ろから聞こえてきた。

何事か、と思って振り返ると、そこには集落の入り口で見張りするのが仕事のエルフの姿があった。

「どうした、ザイール」

メルヴィルが尋ねると、ザイールは微妙な表情で呟く。

「それが……あの、集落に人間がやってきておりまして……」

これにメルヴィルもシャーロットも目を見開く。

普通、この集落に人間が辿り着くことなどまず不可能だからだ。

単純に、辺獄の奥地にあるから、という理由だけではない。

集落には強力な幻惑結界が張ってあり、辿り着くためにはいくつものチェックポイントのような場所を、決められた順番で通過しないとならないのだ。

それを知っている者がいなければ、まず到達できない。

それなのに、である。

「馬鹿なことを。なにかの勘違いではないのか？」

メルヴィルがつい、そう言ってしまったのも当然だ。

けれどザイールははっきりとした声で言うのだ。

「いいえ、決してそんなことはございません。それに、来た人間はふたりなのですが、ひとりは精霊の腕輪を身につけておりました。シャーロット様にいただいたものだと話しているのですが……」

これに驚いたのはシャーロットだ。

シャーロットが精霊の腕輪を与えた人物など限られており、間違いなくクレイだとわかる。

そのためシャーロットはメルヴィルに、

「おじいさま。これは私が出迎えなければならないと思います。行ってもよろしいでしょうか？」

そう尋ねた。

メルヴィルは、シャーロットと世界樹を交互に見て少し悩んだが、最終的にこう答える。

「世界樹をふたりで見ておったところでなにが変わるわけでもあるまいしな。わしが監視しておるから、お前は行ってきなさい」

「はい！」

シャーロットはザイールの案内に従って歩き出した。

「お、シャーロット。来たか」

ザイールに案内された場所に辿り着くと、そこには本当についい先日見た顔があってシャーロットは驚く。

加えて隣にはなにか神聖な力を感じる人間の女性がいて、いったい誰だろうとも思った。

だが嫌な感じは一切なく、普通に受け入れて話しかける。

「クレイさん！　よくここに来られましたね……それに、そちらの女性は？」

シャーロットに返事をしたのは、女性だった。

「初めまして、シャーロットさん。私は創造教会に所属する神官の、フローラと申します」

丁寧に頭を下げたフローラに、シャーロットも礼を返す。

「これはご丁寧に。私はヴェーダ族のシャーロットです」

「よろしくお願いしますね、シャーロットさん」

そう言われて手を差し出されたので、シャーロットはそれを自然に握った。

「はい、フローラさん。私のことはシャーロットで構いませんよ。丁寧に話す必要もないです。クレイさんもそうされてますし。あ、私はもともとこんなしゃべり方ですが」

「本当？　じゃあお言葉に甘えるわ。私のこともフローラでいいから」

「はい、大丈夫です……それで、あの、おふたりはどうやってここへ？」

本題に入ったシャーロットに、クレイが答える。

「どうやってって、幻惑結界のパズルを解いてきたんだぞ。あれ難しくないか？　結構考えたんだけど」

「え」

これを聞くまで、シャーロットはこのふたりがここに来た方法は、おそらく次のふたつのうちのどちらかだろう、と思っていた。

ひとつは、単純に幻惑結界を破壊すること。

これに関しては無理ではない。幻惑結界の要となる部分を発見し、それを壊せば、幻惑結界は効果を失い、集落に辿り着くことができる。もちろん、前提として辺獄を自由に歩き回れる能力を持っている必要があるが、ここまで来た時点でそれは保障されている。

これが最も単純で、可能性が高いと思っていた。

もうひとつは、空から来る方法だ。

幻惑結界は非常に高い効果を発揮し、空からこの集落を見ても森の一部にしか見えない。

しかし、先ほど黒竜が飛び立ったことから、そこになにかがあると推測して飛び込んできた、という可能性もあった。

ただこれは、黒竜が飛び立つまで空から監視していたという前提がなければならないし、そもそも辺獄の空には多数の強力な飛行系魔物が飛び交っている。

人の身で空を飛んでここに来る、というのはとてもではないが現実的ではない。

だからこの可能性は低いと考えていた。

それでも、このふたつのどちらかであろうと。

だが、実際には幻惑結界を真正面から正攻法で抜けてきたという。

そんなことが可能なのか。いったいどうやって……。

そんな疑問をシャーロットが浮かべていると、ふたりはその内実について勝手に語ってくれる。

「エルフの集落って言うからそれくらいのものはあると思ってたけど、チェックポイントが五十以上あるのは予想外だったな」

クレイがそう言った後、フローラが続ける。

「結界系は私の専門だから、なんとか構成を解析して、そこからチェックポイントの位置を逆算していったけど……そこにも罠がいくつか仕込んであったからね。さすがエルフよね……油断したら危なかったわ。さすがに五十のチェックポイント、最初からもう一度とかは勘弁だったもの」

「それでも二、三度試せば確実に通れはしただろうけどな。着くのが明日になってたかも」

「辺獄の森で野宿はちょっとね。今日は……この集落に宿とかってあるのかしら？」

段々ズレていく話に、シャーロットは思わず突っ込む。

「ちょ、ちょちょっと待ってください！　え、そんなこと本当にできるんですか……？」

「できてるからここにいるんだろ？」

「いや、確かにそうなんでしょうけど……え？　いったい貴方たちって……」

「あぁそうそう、そういえばこの精霊の腕輪なんだけどさ、ちょっと呪いがあるだろ？　でも俺には利かないんだよな。だからなんか……申し訳なくなっちゃってさ。本当なら森でもう一回くらい話をして、その辺りについても言おうと思ってたんだけど、シャーロット来ないし……だから押しかけちゃったんだけど、迷惑だったか？」

「……クレイさん……貴方って……いったい……いえ、それよりも……」

ものすごく呆れそうになったシャーロットだったが、そこで思い出す。

そういえば、この集落に人を近づけなかったのは、ここがものすごく危険な場所だからだったんだ、と。

なんだかフローラが集落に泊まる気満々のようなことを言っていたが、それは危険だから無理なんだと言わなければいけない。

そう思ってシャーロットは続けた。

「あの！」

「ん？」

「え？　なに？」

首を傾げるふたりに、シャーロットは言う。

「ここに泊まりたいみたいなことおっしゃってたと思うんですけど、それ、無理なんです……」

「え？　どうしてよ。ツリーハウスひとつくらい空いてないの？」

本当に遠慮がないな。

いや……。

「実は、前にクレイさんと話した時には言えなかったんですけど……あそこに木が見えますよね？　あれ、世界樹っていって、あそこの頂上に、黒竜が住み着いちゃってて……定期的にこの集落に攻撃を加えてくるんです。ですから……」

「黒竜？　いないじゃないか」

「いえ、さっきちょっと攻撃したらどこかに飛び去ってしまって。でもいつもすぐ戻ってくるんですよ。どうも世界樹のことがお気に入りで、毎日毎日むしゃむしゃむさぼり食ってて、絶対に離れるつもりはなさそうなので」

「さっき飛び去った？　へぇ……ん？　あれ？　おい、フローラ、もしかして……」

「黒竜って言ってたわよね……あぁ、あー……もしかして、そういうこと？　ちょっと確認してもらったら？」

シャーロットの言葉に、妙な態度になるふたり。

これにシャーロットが首を傾げて尋ねる。

「あの……どうかされました？」

するとクレイが言った。

「いや、ちょっとな……どこか、大きなものを置ける場所はないか？　尋ねたいことがあって……」

「大きなものを置ける場所ですか？　でしたら……あぁ、それこそ世界樹の前に広い空間がありますが……」

黒竜との戦いを何度もしたがゆえに、その辺りはだだっ広い空き地になってしまっているのだ。ちょうどいいというわけでもないが、そこしかない。

「じゃあちょっとそっちに行こう。いいか？」

「はい……でも、いつ黒竜が戻ってくるかわからないので、その時はおふたりとも、すぐに逃げてください。私たちが時間を稼ぎますので」

そう言ったシャーロットに、ふたりは微妙な表情をする。

特にクレイはぼそりと、

「そんなことは起こらないんじゃないかなぁ」

聞き間違いでなければ、そんなことを呟いていた。

その意味がわかるのは、このほんの少し後のことだった。

「シャーロット。わしのほっぺたを思い切りつねるがよい」

長老であるメルヴィルから呆けた声でそう言われて、シャーロットは即座にそうした。

普段からある祖父への敬意などを完全に忘れ、全力で。

すると、

「いたたたたた⁉　シャーロット！　もっと手加減せんかい！　……しかし、これほど痛むということは……夢ではないのじゃな」

「おじいさま、私のほっぺたも……いたたた！　夢じゃ、ない……」

ふたりがそんな頭の悪そうなやり取りをしたのにはもちろん理由があって、それは目の前に広がる光景がゆえだった。

そこには、とんでもないものが転がっていた。あるはずのないものが。

それでいながら、今まで誰もが願っていたものが。

それは、黒竜の死骸。今まで、遙か高いところ、世界樹の頂上でその葉や枝を好きなようにむさぼり食っていた憎き相手。

それが今、まったく動くことなく、首を切り落とされた状態で地に伏しているのだ。

どういうことなのか、まったくわからなかった。

だが、これはどうしても聞かなければならないことだ。

誰が？

それはもちろん、シャーロットが、である。

メルヴィルでもいいだろうが、クレイと知り合ったのはシャーロットだ。

シャーロットに責任がある。

だから彼女は口をゆっくりと開いて、クレイに言った。

「クレイさん……これ……倒したんですか……？」

クレイはこれに軽く頷いて答える。

「あぁ。森の中歩いてたら、突然襲いかかってきてさ。黒竜って珍しいし、竜はそもそもうまいから、フローラと相談して倒して食おうってことになったんだ。腹が減ってなければ見逃してやってもよかったんだけど……」

「どうやって、倒したんですか……？」

「どうやって？　普通にだけど。竜は空を飛ぶから厄介なんだが、空を飛ぶのさえ封じればただのデカい的だからな。吐息系の攻撃はちょっと面倒くさいけど、慣れれば大したことないし。ただこいつの吐息は珍しかったから、俺じゃなきゃ危なかったかもな。闇属性はよくないものが多いからさ」

あっさりと語られる、黒竜討伐の話。

集まったエルフたちが絶句するのも当然だった。

けれど、シャーロットが、

「黒竜が、倒されたんですね……もう、いつか来るかもしれない終わりに、絶望しなくてもいいんですね……」

そう呟いて泣き出すと、他のエルフたちもみんな、泣き出してしまった。ただ、それが悲しい涙ではないことは、泣きながらも笑っていることからも明らかだった。

「え、えっ？」

クレイは困惑しているが、フローラが冷静な表情で言う。

「なんだか、いいことしたっぽいわね？　私が教会で不治の病を治癒すると、こんな状況になるわ」

「不治の病って。俺たちは黒竜倒しただけだぞ」

「まぁそうだけど……考えてみると、黒竜なんて普通は倒せるもんじゃないからね。魔王討伐の旅でその辺り、私たち頭がだいぶハッピーになっている気がするわ」

「言われてみると、確かにそうなのか……？　いやでも、辺獄に住んでるエルフたちだぞ？普通に倒せるんじゃ」

「無理だったからこそのこの状態なんでしょうね。まぁ別に辺獄に住んでるからって、辺獄に跋扈するすべての魔物を倒せなきゃならないわけでもないでしょうし」

「あぁ……エメル村の村人だって、全員がゴブリンを倒せるわけじゃないし、レッドグリズリーなんかが出たらもう駄目だってなるか」

「そうそう、そういうことなんでしょう」

そんなことを話しながら、ふたりはエルフたちが泣きやむまでしばらく待った。

「それで、私たち悪いことしたわけじゃないわよね？」

改めて、長老の家にふたりを招き、話をすることになった。

部屋の中にいるのは、ふたりと長老、それにシャーロットの四人である。

他の面々は黒竜の解体作業をしている。ふたりが、黒竜は美味しいから後でみんなで食べようとか言ったからだ。この集落のエルフは別に菜食主義者とかではなく、雑食でなんでも食べる。だから問題はなかった。

フローラの言葉に、シャーロットが答える。

「もちろんです！　さっきも説明しましたけど、私たちはあの黒竜にずっと苦しめられていて……。でもそんな心配もうしなくていいんだと思ったら涙が出てきて……」

「そんな事情があったんなら、クレイにすぐに相談すればよかったのに。って、クレイって強そうに見えないから難しいのはわかるわ」

「本当にお強いんですね。私たちの総力を挙げても、あの黒竜に勝てる気がしなかったのに……たったおふたりで」

これに答えたのは、クレイだ。

「俺たちはこれで何年も魔物討伐の旅をしてたからな。竜もその中で何度も倒してる。だから本当に慣れてるんだよ」

「人間は……そんなことを普通にするようになっているのですね」

これにはフローラが慌てて言う。

「いいえ、そんなのは滅多にいないからね。せいぜい私たちくらいよ」

「そうなのですか？」

「まぁ、もうふたりくらいは心当たりあるけどね。みんながみんなそうだと思ってもらっては困るわ」

「わかりました……」

そんな風に話していると、メルヴィルがそこに口を挟む。

「わしからもよろしいかな？」

これにはクレイが、答える。

「ええ、構いませんよ」

さすがに自分よりも遥かに年上だとわかるメルヴィルにはタメ口は使わず、丁寧に返答するクレイ。メルヴィルはそんな彼に言った。

「まず、集落を代表して、おふたりに御礼を申し上げます。この集落と、世界樹様壊滅の危機を救っていただき、本当にありがとうございます……!!」

これにはクレイもフローラも慌てた。

「いえいえ、そんな別に感謝されるようなことでは……なぁ？」

「そ、そうよ……ただ食べたくて倒しただけですもの……ねぇ？」

「おふたりにとってはその程度のことだったかもしれませんが、本当に我々は救われましたからな。誇っていただいて構いません。ついては、なにかしら、形になるお礼というか報酬などを差し上げたいのですが……我々が用意できるもので、欲しいものなどございますか？」

　そう尋ねたメルヴィルに、ふたりは目を合わせる。

「クレイ……そういうことなら、あれじゃない？」

　フローラがそう言うと、クレイは確かに、という表情になり、おずおずとした様子で言う。

「あの、それではお言葉に甘えて……いえ、無理なら無理って言っていただいて構わないんですが……」

「なんなりと」

「では……。以前、シャーロットにも言ったんですが、辺獄の開拓を許可していただけませんか？」

「開拓、ですか……？」

「やはり難しいですかね……」

　これにメルヴィルは少し考えてから言った。

「いえ、まったく構いませんよ」

「え？」

「我々は、昔から辺獄に対する人間の立ち入りを可能な限り阻止しておりますが……その理由は、今回のような危険から、人間を遠ざけるためです。シャーロットが貴方に渡したその精霊の腕輪もその一環でした」

「あぁ、呪いがそのようなものでしたからね」

「私がかけたもので……申し訳ない。解いておきます」

そう言ってメルヴィルが軽く触れると、呪いは霧散した。

「ありがとうございます。それで、今回のような危険とは？」

「強力な魔物……黒竜などもそうですが、辺獄の危険はそれだけではありません。我々以外の種族も住んでおりますし、それ以外にも未知の領域や危険がいくつも眠っているのです……人間が容易に立ち入れば、すぐに世界が滅亡してしまいかねないような、危険が」

そしてメルヴィルは具体的に辺獄に眠る危険を挙げた。かつて封印された強大な魔物や、いまだに辺獄を跋扈する大量の魔物たち、それに一度足を踏み入れれば何が起こるかわからない古代の遺跡や、エルフとは異なる、人間に敵対的な強力な種族などについて。

「それほどの……」

「我々は、そんな危険から人間を遠ざけるために配置されました」

「配置……？」

「神々が、直接にここに我々を置かれた、という言い伝えが残っております」

「エルフをですか……確かにエルフは神々の眷属と言われることもありますが……」

本当に？　と言いたげなクレイに、メルヴィルはこの集落の秘密のひとつを開示する。

「本当です。そうですね……その裏づけになることとして、私の一族には特殊な存在が生まれやすいのです」

「特殊な存在？」

「はい。たとえば私、それにシャーロットは普通のエルフではありません」

これについては、黒竜を倒したのがクレイたちだとはっきりとわかった時点で、明かすことにしようとシャーロットとメルヴィルは相談して決めていた。

だからシャーロットにも文句はなかった。

「普通のエルフではないとは……」

「私とシャーロットは、ハイエルフです。その存在を、ご存じですか？」

これに驚いた表情をしたのは、クレイではなくフローラの方だった。クレイはやっぱりな、という表情で聞いている。

「ハイエルフ……‼　まさか。滅びたと聞いていました」

「聖樹国にいた系統は滅びましたね。ですが、ここにはまだこうして残っております。私たちの一族のみならず、この集落に住むエルフからは、ハイエルフが生まれる可能性があります。ただ私たちの一族がその可能性が最も高い、というだけで」

「それは……すごい。あれ……？　もしかしてそれって、高位のスキルシード持ちが生まれる話と似ている……？」

　ふとフローラが言った言葉に、クレイが反応する。

「お、それはおもしろい仮説だな。確かにあり得そうだが……解き明かしたところであまり深い意味はないかもしれないが」

「まぁ、それもそうね」

　それが気になって、シャーロットは尋ねる。

「今のお話は？」

　これにはクレイが答えた。

「いや、大した話じゃないんだ。俺たち人間はスキルシードを持ってるだろう。それで高位のスキルシード持ちは魔力濃度の高い地域にいると生まれやすいって仮説を立てていてな。ハイエルフも、もしかしたら魔力濃度の高い地域にいるエルフに生まれやすいのかも、と」

　その話を聞いて、メルヴィルが興味深そうに頷く。

「それは……あり得ないとは言えませんな。だが実証しようがない。私たちはずっとここに住んでおりますし……いや、聖樹国のエルフに住んでもらえば、いずれわかるやも……？」

「あぁ、それはありかもしれませんね。聖樹国のハイエルフの系統が滅びたというのなら、それを復活させることも可能かも」

　クレイがそう言った。

メルヴィルは、頷く。

「いずれ、聖樹国のエルフと連絡を取ってみます。だいぶ前に断絶してしまっていたのですが……これは向こうにとっても悪い話ではありますまい」

それからクレイがふと尋ねる。

「そういえば、ここで大切にされている樹木は世界樹とおっしゃってましたけど、聖樹国のエルフが信仰するのは聖樹ですよね。違いってあるんですか？」

「あぁ、それでしたら、どちらも同じものですな。ただ、聖樹の方が苗木で、世界樹は成木になります」

これを聞いたフローラが尋ねる。

「ということは、採取できる雫や葉は、こちらの方が価値が高い……？」

「その通りです。もし必要でしたらお持ちになりますか？　これからはあの憎き黒竜はいないのです。定期的に採取が可能ですから、その際にお渡しすることはできます」

「ぜひ！　聖水や回復薬の素材として、それ以上のものはないので……」

「なるほど……でしたら、エルフの秘薬もいかがです？」

「いただけるのですか……？　とてつもない価値があると……」

「この集落を救っていただけたのです。どうぞ、お持ちください。それに、辺獄をこれから開拓されるのであれば、そのようなものはいくらでもあって損はありますまい。必要とあれば、この集落のエルフ、みんなが協力します」

これにクレイは、深々とお辞儀をした。

「ありがとうございます……これで、辺獄開拓に希望が見えてきました。これからも隣人として、末永くよろしくお願いします」

「それはこちらこそ」

そして、クレイとメルヴィルは笑顔で握手をしたのだった。


そんな風に様々な相談と情報交換を終えると、もう辺りは暗くなっていた。

しかし、世界樹前の広場には、大きなかがり火が燃え盛り、煌々と周囲を照らしている。

その周りで、集落のエルフたち総出で宴会を始めた。

たくさんの料理が出てきたが、その中でも最も口にされたのは、黒竜を素材としたものだった。あれだけ憎かった相手も、こうして料理にして食べてしまえば、その恐怖などもはやなかったことになると言わんばかりに、たくさん食べられた。

そして、クレイとフローラはその宴会中、ずっと多くのエルフたちに感謝され続けた。

くすぐったそうな表情をしていたが、それ以上にどこか満足げな表情で、それが少し奇妙だった。

彼らほどの腕を持った戦士たちなら、こんな風に祝われ、感謝されることくらいいくらでもあっただろうにと。

それなのに、まるで初めてそのような歓待を受けた、そんな表情に見えたことだけが、不思議だった。

なぜか。それは、クレイとしてはかつての旅の中と同じように魔物を倒しただけだったが、それが回り回ってエルフたちを救うことになり、それが正しく褒められることがくすぐったかったのだ。

自分の力がこうして誰かの役に立ったと、胸を張って言えることは今までほとんどなく、だからこそ、辺獄に来て良かったと、改めて思ったのだった。

あとがき

初めましての人は初めまして。

またお会いできた人はお久しぶりです。

丘野優です。

まずは、この作品を手に取っていただき、ありがとうございます。

本作は書き下ろしということで、いつもとは少し違った作風に挑戦させていただいております。

いわゆるスローライフもので、やるべきことをすべてやった主人公が、余生にて好きなことをして過ごすという筋で、ただその中でも色々なことが起こってくるという物語です。

おもしろく読んでいただけると幸いです。


さて、あとがきなのですが、ご存じの方はご存じでしょうが、私は非常にこれを苦手としており、なにを書くべきなのかまったくなにも浮かんできません。

もう言うべきことはすべて言ってしまったために、もはや……という感じです。

近況報告とかどうかな、とかも考えたりするのですが、私の人生におもしろいところはなにひとつなく、興味深い話も思いつきません。

そういえば、最近、某SNSの名称が変わりましたね。

私はよくそのSNSを使っていたのですが、名前が変わってからとんと使わなくなり、今後もおそらくほとんど使わなくなるのではないかという気がしています。

今までは時間がある時は十分ごとくらいにそのSNSを見てしまっていたのですが、離れてみるとこれがまた快適で、空いた時間になにか趣味などを作ってやりたいなと思っています。

健康のためにダイエットを、とかも定期的に思うのですが、どうにもうまく時間が作れずジムもあまり行けていないので、その辺りから手をつけようかなとか思っています。

読者の皆さんは、なにか趣味とかおありでしょうか？

手のつけやすい趣味などあれば、教えていただけると嬉しいです。


さて、これで大体文字数は埋まったでしょうか。

まだ不十分な気がしますが、これ以上はもう難読漢字クイズとかをしていくくらいしか埋める方法が思いつきません。

ですので勘弁していただければありがたいです。

それでは、またいつかどこかで。

丘野《おかの》優《ゆう》

役目を果たした日陰の勇者は、辺境で自由に生きていきます

2023年9月22日　初版第1刷発行

著　者　丘野優

発行人　菊地修一

発行所　スターツ出版株式会社

〒104-0031　東京都中央区京橋1-3-1　八重洲口大栄ビル7F
☎出版マーケティンググループ　03-6202-0386
（ご注文等に関するお問い合わせ）

https://starts-pub.jp/

印刷所　大日本印刷株式会社

ISBN　978-4-8137-9265-9　C0093　Printed in Japan

[丘野優先生へのファンレター宛先]
〒104-0031　東京都中央区京橋1-3-1　八重洲口大栄ビル7F
スターツ出版(株)　書籍編集部気付　丘野優先生